朱子的诗和远方

张建光 著

海峡出版发行集团 | 海峡文艺出版社

图书在版编目(CIP)数据

朱子的诗和远方/张建光著. —福州:海峡文艺
出版社,2024.01
ISBN 978-7-5550-3508-4

Ⅰ.①朱…　Ⅱ.①张…　Ⅲ.①朱熹(1130—
1200)－诗歌研究　Ⅳ.①I207.22

中国国家版本馆 CIP 数据核字(2023)第 201953 号

朱子的诗和远方

张建光　著

出 版 人　林　滨
责任编辑　刘徐霖
出版发行　海峡文艺出版社
经　　销　福建新华发行(集团)有限责任公司
社　　址　福州市东水路 76 号 14 层
发 行 部　0591—87536797
印　　刷　福州德安彩色印刷有限公司
厂　　址　福州市金山工业区浦上标准厂房 B 区 42 幢
开　　本　720 毫米×1010 毫米　1/16
字　　数　180 千字
印　　张　12.5
版　　次　2024 年 1 月第 1 版
印　　次　2024 年 1 月第 1 次印刷
书　　号　ISBN 978-7-5550-3508-4
定　　价　49.00 元

如发现印装质量问题,请寄承印厂调换

张 建 光

中国作家协会会员、福建省文史研究馆馆员、中国朱子学会顾问、福建省南平市朱子文化研究会荣誉会长，考亭书院学术委员会委员，第四届南平市政协主席、第十一届福建省政协提案委员会副主任。

创作发表了《烂漫山水》《朝圣山水》《涅槃山水》《欧风美语》《武夷风》《千古风流》6部散文集，多篇散文作品荣获国家级、省级一等奖。合著长篇报告文学《公仆廖俊波》获第二十八届华东六省文艺图书奖二等奖；报告文学《武夷之子》荣获福建省优秀作品一等奖、福建省第三届优秀图书奖。

在《光明日报》《人民文学》《十月》等报刊上发表了《朱子理学的摇篮》《为朱子画像》等系列文章。向党和国家领导人介绍过朱子文化，应邀在中共中央组织部、福建省委省政府、高校等组织的相关论坛、讲坛、研讨会、学习会上作朱子文化专题讲座，获得广泛好评。

目 录

寻诗远方

太師徽國文公像

右像乃朱氏家廟所藏文公六

十一歲時所寫真也玆謹模寘

卷端使學者得以想見

大賢道德之氣象云

诗人笔下的诗人朱子（序）

朱杰人

　　张建光是我的老朋友，我们应该有二十几年的交情了。他是官员，我认识他是在他主政武夷山时。他是一位亲民的官，老百姓对他很爱戴。因为口碑和实绩都好，所以一路上升，从县官做到了厅官，从武夷山到了南平市。照理，再往省里挪一挪是顺理成章的事，但是，他的宿命决定了他跳不出朱子的手掌——武夷山、南平需要他，朱子的事业需要他。所以就有了后来习近平总书记视察武夷精舍，他成了最合适"导游"的佳话。

　　官做得好，文章也写得好，因为他还有一个身份——作家。他的散文、诗歌斐然成章，在中国文坛上颇具影响。所以读他的文字，哪怕是"官样文章"，也是文采照人，让人不忍释手。他长期在南平、武夷山地区工作生活，他的文学创作刻上了鲜明的地域特色，尤其是朱子和朱子学，成了他文学创作无法摆脱的主体——"他跳不出朱子的手掌"。而恰恰是朱子和朱子的思想造就了一位以独一无二的叙述方式、以诗一般的语言讲述朱子、研究朱子的作家和学者。特立独行，以这样的文字写朱子，建光大概是第一人。

　　三年疫情，他交出了一本力作：《朱子的诗和远方》。这是一本研究朱子诗歌的学术著作。朱子是一位诗人，他最早被介绍给皇帝不是以思想家、哲学家的身份，而是以诗人的身份。可见，他的诗是很早就被人认可的。他的诗作有十卷之多，凡诗之体，如词、赋、乐府、古体、近体无不涉及，俨然大家，不容小觑。但是，因为他的理学成就太高了，诗的光辉被掩盖了。

这是一件非常遗憾也是非常无奈的事。二十余年前,笔者曾写过一篇《朱子诗论》的文章,导言中有这样一段话:"非常遗憾,这位生活在12世纪后半叶中国南方山区的伟大哲人的文学才华及其对文学事业的卓越贡献,至今未受到足够的重视。"令我无语的是,二十余年后,这个遗憾依然遗憾。

读了《朱子的诗和远方》,我为之一振,一位当代的诗人关注了朱子的诗,并用他特有的叙述方式交出了他的研究成果。

我已经再次提及此书的"叙述方式"。什么是建光的叙述方式呢?这种叙述方式是:不用纯理性的、纯理论的、纯学术话语的叙述,但又不失理性、不失理论、不失学术话语的叙事与论述。这应该是建光的创造,但这种创造是建立在深厚的文学修养和超强的语言能力与学术涵养之上的,一个纯学者做不到这一点,一个纯作家也不可能做到。

本书的开篇之作《远游天下》恐怕是这一叙述方式的典型代表。

请看:"年方十九的朱熹手擎酒盅,缓缓来到大厅中央,面对众多亲朋好友,包括高堂老母和新婚的妻子宣布。"他要远游了。

请看:"听吧,这是朱子远游的心声。像大鹏展翅,像骏马奔腾,扶摇而上九万里,视九州为咫尺。""看吧,这是朱子远游的雄姿。"

这是以诗解诗。

在分析此诗的艺术特点时,他说:"《远游》一诗,直抒胸臆,情感激烈。这在朱子千余首诗中并不多见,与其一贯追求的'萧散冲淡'诗歌主张也不相符,因而《远游》一诗在朱子诗词中拥有独特的意义。"

这是以理解诗。

"朱子引屈原为异代知己,自觉与他心灵相通。《远游》是朱子最早的诗作之一,而他去世前三天,修改完《大学诚意章》后,又订正《楚辞集注》。联想起两人共同的坎坷仕途和多舛命运,心中不免生出唏嘘感叹几许!"

这是以史解诗。

下一篇《春日之喜》也有异曲同工之妙,他把一首《春日》诠释得诗情画意如在眼前，诠释之词也是诗了。

接着，他要讲哲理诗了。

他说："《春日》实际上是哲理诗。""朱子眼中的春日是儒家生意盎然的世界。""他以鲜明的形象寓理，在一个个生动的具象中，从容隐喻说理，让山水与哲理联姻，有理趣而无理障。"但是，又不仅止于诗，在这一篇中，他以《春日》为由，讲到了朱子哲学思想的演变与发展，讲到了朱子对李侗思想的继承与发展。他说："朱子独立思考，继承又发展了李侗的思想，沿着并不完全相同的路线，建立起独特而庞大的理学大厦。"必须指出，讲朱子的诗，恐怕离不开他的理学思想，但是如果把论诗写成哲学讲义，那就不是讲诗而是上哲学课了。建光先生的过人之处在于他既懂诗又懂理学。他能把理学与朱子的诗有机地糅合在一起，借朱子的诗说理，又以理证诗，从而使理充满了诗意，又使诗的内涵得到无限的伸张。这从《半亩方塘》《鹅湖诗会》（顺便说一句，建光认为鹅湖之会是学术之会，也是一场诗之会。这是一个全新的视野，令人激起研究的冲动）《九曲棹歌》等篇章中得到充分的体现。如果有人要了解朱子理学却怕理论的艰涩枯燥，《朱子的诗和远方》可能是一本会令你饶有兴趣的入门读物。

建光先生研究朱子的诗，有一个"诀窍"：以朱子诗作的重要意象入手。他准确地抓住了春、雨、雪、云、梅、茶等意象捕捉到诗人心灵的脉动与兴发、形象与意境，把读者带入到诗所要表达的情景与内涵之中。比如雨，他说："朱子诗中多雨。捧起诗笺，心里顿生温润。细细检点，以雨为题的诗竟有33首。""朱子的雨诗，覆盖了岁月季节，也摹写了发生的全过程，更寄托了人生情感：春雨、冬雨；雨前、雨中、雨后；骤雨、小雨；雨打枝叶、雨入方塘；观雨、对雨……"他还发现，朱子的雨诗，以三十岁为界形成两种景象：前者多，后者少；前者幽，后者白。他还从朱子的雨诗中看到了以民为本和视民如伤的情怀。又比如雪，他发现"雪几乎是他（朱子）诗歌中的第一意象，以此为题的诗近四十首。"他说："雪在朱子的心目中纯洁高尚""朱子把冰雪的高洁当作自己精神的图腾，就像他在'圣贤气象'（笔者按，《近思录》的一章）中所谈到的'光风霁月''温润如玉'一样。它是儒家思想的最好表征。"也许是因为建光本人就是诗人，对诗的理解比一般人深，所以他能找到一条最好的路径和切入点。

对朱子诗作的认识与朱子诗歌创作理论的探讨，主要集中在全书的第一章《诗人朱子》中。

开篇第一句话：朱子一生对诗"若即若离"，十分矛盾。

我理解，这句话是说，朱子一生离不开诗，但又对诗保有"戒心"。这是有史实依据的。朱子不让自己的儿子写诗。但是当他的长子（朱塾）不幸夭折，他在整理遗物时看到儿子的诗作，发现儿子的诗写得非常好，他不禁长叹后悔，不应该阻止朱塾写诗。也许人们会不满朱子的"专制"，但是如果你了解了朱子对学诗、写诗的苦心以后，你的不满也就释然了。朱子构建新儒学，一个重要的原因是不满自孟子以后儒学陷入了章句、训诂的教条，唐以后又陷入了词章之学的窠臼。所谓"词章之学"，就是专注于诗词、文章，而丢弃了为学的根本——儒家的义理和为己之学。唐代以诗赋取士，宋代因袭之，更加重了这种学风的泛滥。学子们把毕生的精力花在如何写诗作赋上，而不钻研儒学的经典，是舍本而逐末。再则，诗到了唐以后格律化已经成熟，要写出一篇合律的诗，不经过严格的训练是根本做不到的。更重要的是，朱子认为，诗是一种特殊的文体，不是人人都能为之的，除了要有一定学问的铺垫，还需要某种天赋。所以他不主张人人都去写诗，与其花大量的时间去做写诗的工夫，不如好好地去读儒家经典，做正心诚意的功夫。当然，那些具有诗人天赋的人除外。所以，在他还没有发现自己的儿子是诗才时，他劝儿子不要写诗，也就在情理之中了。

但是，朱子自己却离不开诗。建光兄说："以'矛盾'观朱子，他几乎把生命一分为二：一半予道，一半予诗。"这个结论有点夸张，但基本如实。

在开篇之章中，作者首先讨论了朱子的"诗教"理论，进而论证了他的文道观。他指出朱子主张文道合一，诗理和合是其理论核心，"不能离道言文，亦不能有文无道。他始终坚持文学形式和内容的统一"。这个结论是公允的。作者又认为，朱子"看重平淡诗风，厌恶浮薄华靡，纤巧柔弱之作"。这也是符合实际的。

建光兄在研究朱子的诗学理论与创作实践时有一句话，我特别欣赏。他说："所有朱子诗歌的矛盾问题，一进入朱子创作实践便圆融解决。"我想，这样的结论如果没有对朱子诗论的通透把握，没有浸润于朱子的作品之中，是无论如何也讲不出来的。如关于"方塘诗"的理解，如对于《九曲棹歌》的争论，就是这样在他的笔中迎刃而解的。

关于哲理诗，是朱子诗歌中的大宗，也是争论分歧较大的问题。作者认为，朱子的哲理诗达到了前人所未有的高度，取得这样的成功得益于朱子始终坚持情感为诗生命的立场。这是一个很有见地的发现，它解决了关于哲理诗如何才能是诗而又具有哲理的理论问题。值得引起关注。

后疫情时，我有幸与建光兄在建阳面晤，颇有一点劫后余生的感慨。他拿出一本书稿，要我写序。我不能推脱。在返沪的高铁上读了他的书稿，一下子就吸引了我，更产生了想写的冲动。我不敢说我一定能不负老朋友的重托，但，心悦诚服地尽力却是一点不含糊的。于是有了以上的文字，权作序言。狗尾续貂，请建光和读者诸君见谅了。

2023年3月25日于海上

桑榆匪晚斋

（作者系华东师范大学终身教授、中国考亭书院山长）

诗人朱子

一

朱子一生对诗"若即若离"，十分矛盾。

朱子十二岁生日时，以诗闻名的父亲朱松，为朱子一连写了四首诗。其中一联为"骎骎惊子笔生风，开卷犹须一尺穷"。朱子诗作传回祖籍地婺源，嗜诗如命的先辈董颖喜出望外："共叹韦斋老，有子笔扛鼎。"三十岁前后，朱子却写了一首题目为《顷以多言害道绝不作诗两日读大学诚意章有感至日之朝起书此以自箴盖不得已而有言云》的诗。这是一首表达"绝不作诗"的诗。有意思的是"以此旋吾辀"的想法却是通过诗的文体表达。有人戏称就好像戒烟者自云"再吸一支以纪戒烟之始。"不过诗终未"戒"去。朱子三十八岁那年与"东南三贤"之一的张栻同游南岳，众人共成诗149首。在张栻《游南岳唱酬序》中，朱子回顾了他们对诗的矛盾情形："念吾三人，是数日间亦荒于诗矣。大抵事无大小美恶，流而不返，皆足以丧志。于是始定要束，翌日当止。"约定不再为诗。虽然"自岳宫至楮洲凡百有八十里"，所见所闻"无非诗者"，但是"既有约矣"，便不再吟诵。到了株洲分别时刻，又觉得"非言则无以写难喻之怀"。朱子又宣布："前日一时矫枉过甚之约，今亦可以罢矣。"然而，他又"进而言曰""戒惧警省之意则不可忘。"紧接着湖湘东归武夷路上，讲论问辩间隙之时，感事触物又岂能无诗？还乡之后，检点书箱得诗200余首，编成一册《东归乱稿》。正是在诗的作与不作的反反复复过程中，朱子亲身体验了诗的真谛，廓清了诗与道的关系，既以道入诗，又纳诗于道，从而冲破理学家们关于诗道对立的理论。从"以多言害道绝不作诗"到"不能不作"，继而到"真味发溢不能自己"，再到"未觉诗情于道妨"。

朱子的人生际遇也同诗一样富有戏剧性。他可以说从诗出发，又以诗作为归宿。朱子晚年有诗曰："我穷初不为能诗，笑杀吹竽滥得痴。莫向人前浪分雪，世间真伪有谁知。"诗后附言："仆不能诗，往岁为澹庵胡公以此论荐，平生侥倖，多类此云。"所提澹庵即为胡铨，曾任枢密院编修官，上书要求乞斩秦桧，遂遭迫害。复官后任工部侍郎。乾道六年（1170），上奏皇上："于隆兴之初，仰蒙圣训，令臣搜访诗人。臣已物色得数人"——包括朱子在内十五位诗人。皇上见了名单，询问身边大臣有关朱子情况。周必大回答："公年德文章，在今未易多得。"虞允文则曰："熹不在程颐下"。朱子十分崇敬胡铨，曾言："澹庵奏疏为中兴第一，可与日月争光矣！"但对推荐，"熹不至"，以丧制未终辞。此时朱子41岁，正为母亲丁忧。宋代的《鹤林玉露》作者罗大经云："文公不乐，誓不复作诗，迄不能不作也。"然而命运弄人，朱子到了晚年，身陷"庆元党禁"案中，一应职务俱被褫夺。报国无门的他，只能寄意诗文，希冀藏之名山，留于后人。"履薄临深谅无几，且将余日付残编"，诗文之梦得以重圆。《楚辞》的研究形成了系列。《楚辞集注》《楚辞辩证》《楚辞后语》《楚辞言考》相继付梓。这些著作足以奠定他的诗歌理论的地位。束景南先生十分感慨朱子："他的中断了的诗歌创作在庆元党禁中得到恢复。这个茫然飘荡于天下人间的'一片云'在'嵇康琴酒鲍照文'的魏晋文学天地中找到了一隅精神栖息之地，对文学创作与文学思想展开新的探索，构成了他晚年精神上下求索最有光彩的一面。"朱子既为道献身，也为诗殉难。钱穆先生特别指出："在其易箦前之日，改《大学·诚意》章，又修《楚辞》一段。其改《诚意》章，人人知之，而朱子一生最后绝笔，实为其修《楚辞》一段，此则后人少

太師徽國文公像

所述及，尤当大书特书，标而出之，以释后人群认为理学家则必轻文学之积疑。"

关于朱子诗歌的评价，也矛盾得很，高低之间差别有如天壤。《朱熹诗词编年笺注》卷尾开列了从宋至清历代名人对朱子诗学的评点；《大儒世泽·朱子传》作者祝熹先生也列举了十多位学者的论评。归纳而言，意见不外三类：一是褒奖有加。宋代的黄震，宋元的李耆卿、方回，明代的胡应麟，清代的李重华、沈嘉徵，现代的钱穆、束景南、朱杰人和陆侃如、冯云君等，其中，李耆卿与沈嘉徵推举最高："晦庵先生诗，则《三百篇》之后一人而已""花月平章二百载，诗名终是首文公"，而钱穆大师的观点对现代人影响最大："北宋如邵康节，明代如陈白沙，皆好诗，然皆不脱理学气。亦朱子所谓今人之诗也。惟朱子诗渊源《选》学，雅澹和平，从容中道，不失驰驱……朱子徜不入《道学》《儒林》，亦当在《文苑传》中占一席地。"二是贬损有之。古人安庆郡丞程崑仑说："程朱理学入堂奥，而诗文有逊焉。"《四库全书》《性善堂稿》中在评价另一位诗人说："诗品虽不甚高，而词意畅达，颇与朱子格律相近。"清代王士祯说："宋人惟程、邵、朱诸子为诗好说理，在诗家谓之旁门。"如果古人评论还算高雅的话，今人评价却颇为尖刻。莫砺锋先生讽刺朱子之诗为"有韵的哲学讲义"。就是主编朱子诗歌的郭齐先生也说："在整体上讲，无论是思想内容还是艺术形式，朱熹诗与南宋陆、杨、范、刘等大家之间确有一定距离，其成就是有限的。"三是折中调和。钱钟书先生说："朱子在理学家中自为能诗，然才笔远在其父韦斋之下，较之同辈，亦尚逊陈止斋之苍健。叶水心之遒雅，晚作尤粗率，早作虽修洁，而模拟之

10

迹太著。"郭齐先生作上述批评的同时又肯定朱子"斐然成家""在南宋诗坛的应有地位是不容抹杀的"。更有清人纪昀认为:"诗法道德截然之事,兼习专门固自有别。人各有能与不能,文公不必更以诗见也。"朱杰人先生套用明代著名文学批评家胡应麟的话说:"这位伟人的伟大文学成就,被他的更伟大的理学建树掩盖了。"

以"矛盾"观朱子,他几乎把生命一分为二:一半予道,一半为诗。

二

诗人、诗人,在朱子看来,首先是人,然后才是诗。如英国诗人柯勒律所言:"一个人,如果同时不是一个深沉的哲学家,他决不会是个伟大的诗人。"

人为何作诗?朱子在《诗集传序》中回答:"人生而静,天之性也。感于物而动,性之欲也。夫既有欲矣,则不能无思。既有思矣,则不能无言。既有言矣,则言之所不能尽,而发于咨嗟咏叹之余者,必有自然之音响节族而不能已焉。此诗所以作也。"

朱子的学说是人性本质的学说。他认为性即理。性无不善,而情则有善于不善之分,欲更是可能包含有大恶之可能。既然诗之所作是根本乎性而又与情密不可分,那么,诗之创作就要"志于道,据于德,依于仁,游于艺"或者换言之,"兴于诗,立于礼,成于乐"。诗要让人明心见性,涵泳人生。诗的功能不止于娱人,更在于开人,"人文以化成天下"。因此,诗歌便有了正变之分,高低之别,圣贤要举其正者以劝之,举其不正者以正之。这也就是中国传统中所说的诗教。在朱子之前,人们更多倾向于诗教就是"温柔敦厚",《礼记·经解》曰:"其为人也,温柔敦厚,《诗》教也。"但是《论语·为政》又载:"诗三百,一言以蔽之,曰'诗无邪'。"朱子是第一位主张孔子诗论立旨乃"思无邪"的学者。他说:"夫子言《诗》三百篇,而惟此一言足以尽盖其义,其示人之意亦深切矣。"显然"思无邪"比"温柔敦厚"更可以联系孔子"仁"之核心主张,前者内延外涵也比后者大得多。朱子不仅强调诗歌作者要"思无邪",而且认为读者兴发情感要"以无邪之思读之"。朱自清先生在《诗言志辨》中引用了朱子《诗集传》序里的有关论述,然后指出:"这是'思无邪'为《诗》教的正式宣言。文中的正邪善恶为谁,是着眼在'为人'上。我们觉得以'思无邪'论《诗》,真出于孔子之口,自然比'温柔敦厚'一语更有分量……经过这样的补充和解释,《诗》教的理论便圆成了。"

朱子的诗教思想反映了他的文道观。文与道是中国文学批评史上两个最基本的概念。两者之间的关系实质上是形式与内容的关系。历史上,确实有过重道轻文的倾向,理学家们更为极端。韩愈主张"文以明道"。周敦颐提出"文以载道"。钱穆先生指出:"理学家于文学,似乎最所忽视……惟朱子文道并重,并能自为载道之文。"朱子文道观与以往的诗学有很大的不同。他打破了千百年来文道关系旧思维模式,不再置文、道于两端,而合文道于一体,提出并认证了"道文一贯""道本文末"和"积道成文"的理论。这里有三层含义:一是"道文一贯"。"这文皆是从道中流出。""惟其根本于道,所以发之于文者皆道也。""道无适而不存在者也,故即文以讲道,则文与道两得,而一以贯之,否则亦将两失之。"二是道本文末。"道者,文之根本;文者,道之枝叶。"三是积道成文。学道修养,积累久之,至于充满而积实,则美在其中而无待于外,抑或内秀而外华。朱子的文道观中,文道合一,诗理和合是其理论核心。不能离道言文,亦不能有文无道。他始终坚持文学形式和内容的统一,"素以为质而绚以为文"就是最好的表达。以质为本,质文结合。文由质决定,但亦不可轻视文,质要通过文的出色表现才能充分显现。朱子曾举《诗经·大雅·棫朴》为例,说明"立象的尽意"。即通过广阔银河辉光满天这个物象，来唤起读者对周文王百年长寿，培养造就无数人才的想象和体会，富有艺术的魅力（"倬彼云汉，为章于天。周王寿考，遐不作人？"）。

朱子的学说是"天人合一"的学说。在他那里天道和人道是打通的。天地同仁，生生不息，民胞物与，参赞化育。人是自然进化的有形的生命载体，自然是人类相关的同胞手足。圣贤的境界就是心与理一体，天人一体。"万物与我唯一，自然其乐无涯。"这是和乐的理想世界，也是诗歌文学最高追求。因此，朱子美学要的是"风神气韵，妙得其天致"；要的是"天生成腔子""血脉贯通，存神内照"；要的是"气象浑成，气象近道。"就像禅家所喻："青青绿竹，莫匪真如；粲粲黄花，无非般若。"他认为"大乐与天地同和，大礼与天地同节"。"与物无际"自然"万物皆备于我"，就能"道体发见""感物道情"。"自然触目成佳句，云锦无劳更剪裁""物华始信如诗好，春色方知似酒浓""诗须是平易不费力，句法混成"。所以，朱子看重平淡诗风，"厌恶浮薄华靡，纤巧柔弱之作"。喜欢"借得新诗连夜读，要从苦淡识清妍"。这才是孔颜乐处，曾点乐处。他的诗风与书法审美取向一致："萧散简远，意在笔外相通。"

朱子诗论因"道"而发，因"时"而作。往往尖刻极端，因而在情感上很难被人接受。诸如"多言害道绝不作诗""诗固不学而能知""诗无工拙""有德者言虽巧色虽令无害""本朝只有四篇文字好"和以人品高下论诗等等，这与针砭当时文风诗风有关。按道理，朱子于诗垂"古人之风"，对韩愈开始的"古风运动"应是十分欢迎。然而朱子却反对因之而来的"时文"，也就是以四六对仗骈文为主的文风，包括与之对立的"雄浑奥衍"的西昆体，以及"江西诗派"都不入其法眼。他抨击当时诗风的言论可谓激烈："夫古人之诗，本岂有意于平淡哉？但对今之狂怪、雕镂、神头鬼面，则见其平；对今之肥腻、腥臊、酸咸苦涩，则见其淡耳。"他推崇魏晋之诗把它们与《诗经》《楚辞》并列作为诗的根本原则，"自有诗之初以及魏晋，作者非一，而其高处无不出此"。那些只注重技巧而忽视内容。着意雕琢、苦心经营人工安排的诗歌，在他面前皆非好诗。

朱子的诗歌还有个特点，题目很长。交代作诗的前因后果，文字多得让人一口气都读不完。有的诗后还有附言，字数也是不少。如《丁丑冬在温陵陪敦宗李丈与一二道人同和东坡惠州梅花诗皆一再往反昨日见梅追省前事忽忽五年旧诗不复可记忆再和一篇呈诸友兄一笑同赋》，这首诗的序言多达60余字，几乎与诗字数相当。有专家评论朱子擅长叙事。但诗毕竟是诗，而不是文，朱子严格将其区分。这首诗朱子是要抒发在泉州与主管敦宗院李缜交往"忽忽五年旧诗不复可记忆"之感，借梅花为己写照之情，其余不符合诗词规律的事物概不入诗。朱子在酬对诗中经常用"一笑"之词，既是自谦，又说明他的诗以内容情感为重，而不大在意文字技法，当然绝不是不要诗歌的法度规律。

朱子诗歌是圣人之诗，文人之诗。

三

所有朱子诗歌的矛盾问题，一进入朱子创作实践便圆融解决。评价一位诗人，不是看他在理论上如何说，而是见他笔下怎样写。作家毕竟要依靠作品说话。首先，朱子诗歌数量可观。主编《朱熹诗词编年笺注》的郭齐先生认定朱子诗七百四十五篇，1218首，另有词十七篇，18首。朱杰人先生也说："现存朱子诗共10卷，1200余。"浙江大学林玮先生在《朱子文化大典》中却认为朱子至少有1400多首诗和20首词。朱子无法与同时期万余首诗的陆游和4000余首诗的杨万里等量齐观，却远多于600多首的辛弃疾，也多于前朝900余首的李白，与杜甫存诗相近。其次，朱子诗歌文体丰富。有学者将朱子的诗分为：述理诗、交游诗、山水诗、感事诗和杂咏诗等五类。朱杰人先生认为其中成就最高的有三类：山水风景诗、交游诗和哲理诗。撰写《朱子传》的闽北文化人祝熹先生则把朱子诗作分为九大类。由此可见，朱子诗歌的文体样式还是比较全面的。犹在诗为正统的当时，作词"妨诗、古文，尤非说经尚古者所宜"。朱子不废词作，且玩过笔墨游戏的回文词和嵌名诗。其中的《菩萨蛮》挺有意思："暮江寒碧萦长路，路长萦碧寒江暮。花坞夕阳斜，斜阳夕坞花。客愁无胜集，集胜无愁客。醒似醉多情，情多醉似醒。"全诗正逆均可读通，循环反复，诗意盎然。清人邹祗谟说："回文之就句回者，自东坡、晦庵始也。"再次，朱子诗歌艺术特点鲜明。福建教育出版社1993年版《朱熹诗词选注》，将朱子的诗歌特点总结为：视野开阔，题材广泛，寓意深刻，体裁多样。《朱熹诗词编年笺注》的主编则详细论述了朱子诗歌的技巧：第一，有感而发，言之有物；第二，长于叙事，挥洒自如；第三，情感真挚，直抒胸臆；第四，明白晓畅，洗练准确。由这几方面形成了朱子诗歌的风格——平淡自然，闲暇萧散。

实际上，我们无需对朱子各类样式诗歌作全面分析，只要对其哲理诗作个客观评价，就能立判朱子在诗坛的艺术地位。朱杰人先生写道："他的哲理诗则是面貌一新，足以独步诗坛。"郭齐先生也说："人们很容易先入为主地认为朱熹的诗作摆脱不了理学气，但令人感到意外的是，在朱熹诗作中，带有明显理学色彩的只不过百余篇。他的大多数诗可以说和理学毫不相关，绝非只是一些押韵的语录。因此从总体上看，朱熹诗歌根本就是地道的文人诗。"

郭齐先生所说的那些"带有明显理学色彩"的诗，其实是朱子有意为之。比如《斋居感兴》二十首，朱子从宇宙、人生、伦理道德、政治、教育等方方面面，阐述了理学深奥的原理。可谓"高峻寥旷"汪洋恣肆。"首尾千数百言，细大不遗，精粗毕具，开合有渐，变化无穷。"有人把它作为诗读，说三百篇后所仅见；有人把它作为讲义读，说"只能算是押韵的理学语录"。却原来，朱子在序中说得很明白："虽不能探索微眇，追迹前言，然皆切于日用之实，故言亦近而易知。既以自警，且以贻诸同志云。"他是仿照陈子昂的感遇诗的形式，通俗浅显地布道宣传理学的主张。蔡元定的后人蔡模说得更清楚："盖以理义之奥难明，诗章之言易晓。难明者难入而难感，易晓者易入而易感是也。朱子切于教人，故特因人之易入易感者以发其所难入难感者耳。"这些诗不啻于"三字经""四言书"的做法。朱子的哲理诗"盖惟有理趣而无理障，是以至为难得"。就以大家熟悉的《春日》来说吧，"胜日寻芳泗水滨，无边光景一时新。等闲识得东风面，万紫千红总是春。"作者实际上有三重道理赋予其中。一是寻理。《宋诗鉴赏词典》中的黄坤先生指出："其际，诗中'泗水'，乃暗指孔门。所谓'寻芳'，即求圣人之道。"二是明理，朱子曾给"仁"下过定义，言及"仁"的外观就是生意，万紫千红便是。三是理明。此时朱子"返禅归儒"，进入一个豁然贯通的新境界，拥有圣贤气象的欣喜。此诗的蕴藉何等丰富，但流于纸上未见一理。只有东风扑面，春景无限。这个春日，还不仅是"草色遥看近却无"之画，也不仅是"春江水暖鸭先知"之声，而是浩浩荡荡无边无涯的天地之变。由此亦可见朱子的诗风不仅仅是平淡自然，还有雄浑刚劲之风。倒是很多评论家在朱子诗前矛盾起来，不知如何解释才是。道耶？诗耶？郭齐先生的分析是：其一，朱子的文学思想有一个形成过程，不同时期影响创作有不同；其二，朱子的文学观有着不尽一致抑或矛盾之处；其三，理论和行为之间往往有很大距离；其四，朱子深厚的文学修养极大地冲淡了诗作中的理学色彩。看来看去，这些原因似乎是，似乎又不尽然。不过有一点倒很明确，那就是朱子的哲理诗达到了前人所未有的水平。

哲理诗可以上溯到魏晋的玄言诗。从它一出世，就不受欢迎。钟嵘《诗品序》中曾说："理过其辞，淡乎寡味。"到了唐代，即使韩愈、杜甫亦无法消除这一弊病。宋朝的诗风按严羽《沧浪诗话》批评的那样："以文字为诗，以才学为诗，以议论为诗。""硬语

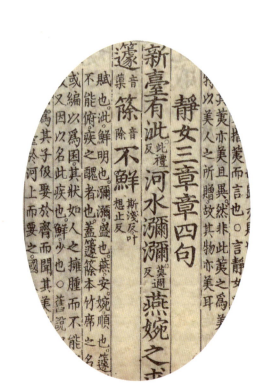

盘空""生拗峭奇"。理学家们的诗观和实践更为人们所诟病，北宋"五子"之一的邵雍，"言性"写心，成为"语录诗"，被人讥为"邵康节（其字）体。"以往的哲理诗没有处理好形式和内容的关系，即理和诗的关系，最终背离了"诗言情"的传统。朱子则不然，始终坚持情感为诗生命的立场，说理都建立在抒情的基础之上，且都付诸典型的形象之中。朱杰人先生指出："以鲜明的形象喻理。寓理于具体、生动的形象之中，使理从诗人所塑造的形象中自然而然地流出，如水到渠成，如瓜熟蒂落，而并不是说教或布道。"虽然朱子要求抒发的情感与伦理道德一致，以情寓理和以理节情，但对具体的对象又能通情达理。在《诗经》之中，他把涉及男女爱情之诗称为"淫诗"，但又十分注重室家之情与男女之思，即夫妇之情和未婚青年男女相思相恋的情感。宋时曾有士大夫建议：《国风》中言男女之事太多太露"乞于经筵不以《国风》进讲。"朱子不同意，认为"文王之遣戍役，周公之劳归士，皆叙其室家之情、男女之思以悯之，故其民悦而忘死。"《诗经·国风》中有首"摽有梅"，通过女子自述，请求追她的男子汉尽快完婚同居。朱子说，这首诗"看来自非正理，但人情亦自有如此者，不可不知"。

有的评论家认为朱子诗歌内容上比较积极的仅两大类：一是爱国主义忧时之诗，一是同情人民之诗。其余的尽是"不厌其烦吟咏日常生活琐事，无休止地咀嚼个人的心理感受，才是他永恒的主题。"这种说法有失客观和全面。别的尚且不论，就其艺术性高的哲理诗而言，社会价值意义巨大。朱子善于从日用之间、自然平常中阐述天人之理。古人曾经这样评说朱子这类诗歌："大而阐阴阳造化之妙，微而发性命道德之厚，焯心学之失传，悯遗经之坠绪，述群圣之道统，示小学之功夫，以至斥异端之非，订史法之谬，亦无不毕备。所以开示吾道而儆切人心者，较之云烟风月之体，轩轾盖万万不侔。"文学毕竟是人学，性天之问事关终极关怀，也是超越时空的。拿横渠先生张载的话来说，朱子是"为天地立心，为生民立命，为往圣继绝学，为万事开太平。"直指人心，诗达性天。

"林中有客无人识，欸乃声中万古心"。

四

元明清以理学为官方意识形态和时代精神，中国诗论当以理学为指导思想，因为社会存在决定社会意识。然而直至今日，在中国文学史和教材中几乎不见朱子的诗论和实践，基本处于寂寂无文的境地。有个统计：二十世纪九十年代，国际学界关于朱子研究著述达2254种，而朱子文学诗歌的不过寥寥30-40种。倒是同样来自闽北的严羽，几乎每一部中国文学史或中国古代文学理论都要提及，其著作《沧浪诗话》屡屡被人征用。

人们可能不知道，朱子是严羽老师的老师。22岁时，严往江西南城，拜包扬为师。包扬既是陆九渊的学生又是朱子的学生。他曾与兄弟"领生徒十四人"来考亭，"执弟子礼"。浙江大学潘立勇教授说："尽管尚无确证说明严羽曾自觉地接受朱子见解，但据其总体观念考察其间的影响十分显然。"福建师大孙绍振教授也持此论。潘教授列举了朱子对严羽的具体影响：其一，朱子诗论的重点和审美理想；其二，朱子熟读精神的美学方法；其三，朱子对具体人物的美学品评。

无论如何，对朱子的诗和诗论的研究，首先有助于了解他和他的思想。朱子的诗歌至少具有史料价值。它是朱子生平事迹的有力佐证，是其思想深处最为隐秘、最为真实的情感，"无异于朱子的私人日记。"有的学者按诗作的时间顺序，分几个阶段进行研究，如蔡厚示先生的早期、中期和晚期，就其每个时期人生中的大事件展开，从而评判诗作中的审美价值与艺术风格。然而，诗毕竟可以超脱于生活，所反映的史实和思想在时间上未必一一对应。有的专家把朱子创作诗歌与其哲学体系挂钩。郭齐先生将朱子对道学认识与诗歌创作同步推进，以三十五岁为界分为前后两个时期，辅以六个创作高峰期。但似乎失之为简单。浙大的林玮先生将朱子的诗歌联系其思想，分为"入儒、求衡、人本、存真"四个阶段，对应朱子哲学的形成、发展、成熟和趋于化境的历程，似乎归纳失之于精准。把朱子诗歌创作

与他创建"新儒学"思想历程联系起来，为朱子诗和诗论研究开辟了一条新路。朱子以道为命，其诗也因道显。比如他人生思想第一次转折就可以以《春日》为代表。此前此后的诗作能够很好反映思想的深刻变化。23岁时的《月夜述怀》"抗志绝尘氛，何不栖空山？"26岁时的《孝思堂作示诸同志》"尘累日以销，何必栖空山？"一个"何不"充满了道家的召引，一句"何必"坚定了儒家的立场。刘述先先生比较了两首诗，指出朱子的"态度转个一百八十度的弯。"朱子思想第二次重大转折和飞跃，应是完成"中和新说"的"丙戌之悟"和"己丑之悟"，根本上确立了自己的学术面貌。与之对应的即是"观书有感"。半亩方塘"犹如人心"，源头活水就是"主敬"。主敬涵养，格物穷理，实现中和，就能镜开照物、明心见性。

研究朱子的诗和诗论，对于中国诗歌的发展具有重要的借鉴意义。朱子的文学专著主要是《诗集传》《楚辞集注》和《韩文考异》。一部《诗经》注释文本不计其数，钱钟书认为其中朱子所作是从汉至清最好的，"尊文本而不外骛，谨严以胜汉人解。"更重要的是他把《诗经》从经学的藩篱中解放出来，恢复其文学的本来面目。他对千年权威的《诗序》进行了批判与修正。变所谓的"美刺说"为性情论，"大率古人作诗，当今人作诗一般，其间亦自有感物道情，吟咏情性，几时尽是讥刺他人？"这为后人认识《诗经》中的爱情诗订下了基础。屈原之辞原先读者也都有误解，朱子却用"变风变雅"说之，将其看作是风雅之诗发展演变的必然。在肯定屈原骚体的同时，也肯定屈原的"忠君爱国之诚心"，甚至对屈原的出格之言，也给予充分理解，"原之为书，其辞旨虽或流于跌宕怪神，怨怼激发而不可以为训，然皆生于缱绻恻怛，不能自已之至意。"这些观点，钱穆先生赞之，"固为千古创见。"至于《韩文考异》，虽标高了校勘学，但其中运用文学的基本规律，谈到了文势、文理、文体、文风等艺术手法，而韩愈本身就是大诗人，因此尽可作诗论观之。朱子的诗学不仅限于这些专著，且散见于他的其他文章中，与其他学问论述紧密相关。比如他的文学思想是成系统的，包括文道论、文体论、文势论、文气论、鉴赏论、古文论和作家论。有人把它列了个结构：文道关系学说是其最高层次；而文体论、文势论等构成第二层次；至于赋比兴、情物、法度等技术手法，则可以归为第三层次。我们不仅可以说，要认识中国传统文化不得不认识朱子，而且还可以说，没有朱子诗论的中国古典诗史是不完整的。

中华民族是诗歌气象万千的民族。汉字是诗性的文字。中国文学史大半部是诗歌史。"五四时期"的胡适开始了白话诗的尝试，随后自由诗自由流行。改革开放后，"朦胧诗"兴盛，于是"新的美学原则在崛起"，很快中国诗坛又陷入了寂寞，"中国诗歌大军在追赶西方大师的中途，忽然一哄而散。"有的专家指出"现在流行的却是，写诗首先要远离自己，远离中国人的感觉和心灵底蕴。"然而正如许多有识的诗歌理论家所说：中国古典诗学与中国传统文化手拉手走过几千年岁月，具有超强的稳定性、承接性，同化力超强无比，且古典精华和血液已注入现代诗脉并生根开花。无论是戴望舒，还是余光中，他们的诗作只要稍加辨认，就可以看到中华传统经典的"烙印"。正如胡适自己所说，"白话诗是中国诗体的第四次解放，这种解放，初看似乎很激烈，其实只是三百篇以来的自然趋势。"越来越多的人看到了中华古典诗歌诗论的菁华是"遍野散见却有待深掘的高品位富矿"。这当然包括朱子的诗和理论，是到了该挖掘的时候了。

我总觉得朱子最愿被人称呼的，除了理学家之外，应是：诗人朱子！

远游天下

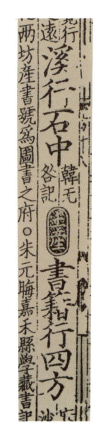

举杯且停酒，听我歌远游。

年方十九的朱熹手擎酒盅，缓缓来到大厅中央，面对众多亲朋好友，包括高堂老母和新婚的妻子宣布。

少年朱子参加建州会考，拔得乡贡头筹。主考官蔡兹事后不无得意地说："吾取中一后生，三篇策皆欲为朝廷措置大事，他日必非常人。"

朱子的出类拔萃，得益于禀赋，少年就留下了"格物问天""沙洲画卦""《孝经》批注""笔力扛鼎"的传奇；得益于教育，家学渊源不说，"五夫三先生"呕心沥血诲之不倦；得益于刻苦，"某年十五六时，读《中庸》'人一己百，人十己千'一章，因见吕与叔解释此段痛快，读之未尝不悚然警励奋发"。乡试一举便登上了人生第一阶梯。

宋代科举实行三级考试。州考合格，保送"发解"礼部；礼部中后，再参加殿试，"及第"遂可授官。州考成功，朱子春风得意。赴临安省试前的晚宴上，他情不自禁地要为大家高歌一首《远游》。

远游何所至，咫尺视九州。

> 九州何茫茫，环海以为疆。
>
> 上有孤凤翔，下有神驹骧。

听吧，这是朱子远游的心声。

像大鹏展翅，像骏马奔腾，扶摇而上九万里，视九州中国为咫尺。

看吧，这是朱子远游的雄姿。

> 孰能不惮远，为我游其方。
>
> 为子奉尊酒，击铗歌慷慨。

怎能不怕远呢？且帮我指明方向，因为君子穷不失意，达不离道；怎能不怕远呢？且为我奉上一杯酒，以筷当铗击打节奏，伴我慷慨高歌。

觥筹交错，杯盏杂响。酒已半酣，群情激昂。朱子的语调却转入低沉，全场为之一静。

> 送子临大路，寒日为无光。
>
> 悲风来远壑，执手空徊徨。

远离有如生死之别。料峭山风竟然把太阳都吹得失去了颜色。双手握起又放下，无言以对。只得来回踱步。

> 问子何所之，行矣戒关梁。
>
> 世路百险艰，出门始忧伤。
>
> 东征忧旸谷，西游畏羊肠。
>
> 南辕犯疠毒，北驾风裂裳。

远游路上，百般艰难。行经水陆要冲，更是险阻重重。出门便开始忧伤：东征有肠谷之忧，西游有羊肠之畏，南行有病毒之患，北驾有寒风之烈。不仅如此，朱子的悲伤还有家道衰落，中原沦陷，山河破碎，民族蒙难……正如束景南先生所分析的那样："南宋半壁江山河下的诗人注定只能怀着黄昏夕阳黯淡心情，踏上惨淡的远游之路，朱熹的少年远游更多是古道西风瘦马的仕途奔波……"屋外山间似有杜鹃声声悲啼："行不得也，哥哥。"

然而朱子行意已决。他已做好远足的一应准备：学业已立。"某少时

为学，十六岁便好理学，十七岁便有如今学者见识。"他年朱子曾不无自信回忆。词章已立。矜持的朱松在朱子十二岁生日，竟不吝笔墨为其赋诗四首，夸奖儿子"骎骎惊子笔生风"。道义已立。朱子牢记"知耻可以养德，知分可以养福，知节可以养气"的家训。生平第一本专著《诸家礼孝编》已完成。"尊王攘夷，抗金复国"的理念深植心中，怀揣父亲手书苏东坡描写刘秀中兴战功的《昆阳赋》。志向已立。心向圣贤，决意践行格物致知诚意正心修身齐家治国平天下的人生路线。此番远游前行，不仅是为了光宗耀祖中兴家道，更是志在天下，开始施展自己的抱负，实现人生的最大价值。每念至此，他便热血沸腾，心潮激荡。

> 愿子驰坚车，躐险摧其刚。
>
> 峨峨既不支，琐琐谁能当。
>
> 朝登南极道，暮宿临太行。
>
> 睥睨即万里，超忽凌八荒。

愿你驾驶坚固长车，踏平一切艰难坎坷，巍峨高峰都不能阻挡，何况小小的山头？早晨登上南方极远之地，晚间夜宿北方的太行，藐视万里征程，迅即飞凌四海九州。

朱子愈加高昂，全场气氛也一路高涨，击铗放歌慷慨激烈，豪情大气在厅堂弥漫。须臾，朱子语调转入低沉，坚定铿锵结束全诗。

> 蹩躠无为者，终日守空堂。

彷徨跛行，无所作为者，才会整天固守家中，而我志在天下，当然远游四方。

《远游》一诗，直抒胸臆，情感激烈。这在朱子千余首诗中并不多见，与其一贯追求的"萧散冲淡"诗歌主张也不相符，因而《远游》一诗在朱子诗词中拥有独特的意义。诗"以'奉子'一樽酒承上'停酒'来，串下'送子''问子'，而归重到'愿子'是一篇章法。"其诗风与"三闾大夫"的屈子十分相似。

无独有偶，屈原《离骚》作品中也有一首《远游》。朱子为《楚辞》做过注释。朱子认为屈原"远游"的本意是"惟天地之无穷兮，哀人生之长勤。往者余弗及兮，来者吾不闻。"因而"悲时俗而愿轻举"。但朱子同时指出："屈原谓修身念道，得遇仙人，托与俱游，周历万方，升天乘云，役使百神，而非所乐，犹思楚国，念故旧，欲竭忠信以宁国家。精诚之至，德义之厚也。"两首《远游》主题的确不同，但不是像人所说那样，朱子反其意而为之。早有评论家断言，"音节态度无不似之，深得风骚之致，绝不只有理解之痕。所谓圣贤学问，锦绣心肠，合而出之者也。"朱子幼时熟读《楚辞》，能即席"歌离骚经"。朱子认为"三百篇性情之本，《离骚》辞赋之宗，学诗而不本于此，是亦浅矣。"他是最先自觉的以文学眼光解说《楚辞》的人，将"情感"深切与否作为评价高低的标准。他所著的《楚辞集注》被毛泽东主席赞为好书，并在1972年作为"国礼"赠送给来访的日本田中角荣首相。朱子引屈原为异代知己，自觉与他心灵相通。《远游》是朱子最早的诗作之一，而他去世前三天，修改完《大学诚章》后，又订正《楚辞集注》。联想起两人共同的坎坷仕途和多舛命运，心中不免生出唏嘘感叹几许！

熹拜阿娘

朱熹能够成为朱子，母亲的培育功莫大焉。然而文献反映不多，《晦庵先生朱文公文集》中，只有《尚书吏部员外郎朱君孺人祝氏圹志》和几篇祭文有所提及。篇幅短不说，且行文笼统简约，诸如"辛勤抚教，俾知所向"等。倒是朱子诗歌透露的信息，生动和具体。读读《寿母生朝》吧：

> 秋风萧爽天气凉，此日何日升斯堂。
>
> 堂中老人寿而康，红颜绿鬓双瞳方。
>
> 家贫儿痴但深藏，五年不出门庭荒。
>
> 灶陉十日九不炀，岂办甘脆陈壶觞。
>
> 低头包羞汗如浆，老人此心久已忘。
>
> 一笑谓汝庸何伤，人间荣耀岂可常。
>
> 惟有道义思无疆，勉励汝节弥坚刚。
>
> 熹前再拜谢阿娘，自古作善天降祥。
>
> 但愿年年似今日，老莱母子俱徜徉。

这是一首朱子为母亲祝寿的诗。诗里充满着母子深情，又反映了儒家的道德风范。

祝夫人对儿子的情感，有其特别之处。她寓爱于严，寓爱于道，寓爱于礼。

诗中的母爱严大于亲。"家贫儿痴但深藏，五年不出门庭荒"，年幼失怙的朱子寄居五夫，离家不远是繁华的兴贤古街，但是朱子一心向学，五年都未街市游玩，"纵然村墟近，未惬心期幽"，门庭荒芜虽属夸张，不过朱子寒窗苦读确是事实。"某自十六七时，下工夫读书，彼时四旁皆无津涯，只自恁地硬著力去做。至今日虽不足道，但当时也是吃了多少辛苦读书。""某年十七八时，读《中庸》《大学》，每早起须诵十遍。"朱子托孤之时，年仅十四岁，对比现在我们儿孙，朱子的定力让人称道。朱子生性活泼向动，这从他六十岁写的《出山道中口占》也可看出："川原红绿一时新，暮雨朝晴更可人。书册埋头无了日，不如抛却去寻春。"朱子能够自律苦读，绝对是母亲教子有方。我们找不到祝夫人像孟母那样的"择邻处，断机杼"的激烈举动，听到的是五夫人关于母亲"煮莲教子"的传说。莲子可食可药，莲心却十分清苦。朱子师从理学大家之一的周敦颐。《爱莲说》自然十分熟悉。母亲一次次端送莲汤过程，也是一次次的教诲：要像白莲那样出尘不染，亭亭净直，当作正人君子。同时，他也领会母亲的心意，莲（怜）子心苦。

诗中的母爱道大于家。"一笑谓汝庸何伤，人间荣耀岂可常。惟有道义思无疆，勉励汝节弥坚刚。"朱子的家道到了父母辈已是中落。父亲入闽政和为官，带了一家八口，以抵当婺源全部田产成行。母亲把家族振兴的所有希望寄托在朱子身上。但是"五世业儒"且识文知礼的母亲，更把儒学的复兴的重担放在朱子肩上。朱子在《牧斋记》中讲得很清楚："孔子曰'贫而乐'，又曰'古之学者为己'，其然也。岂以饥寒者动其志，岂以挟策读书者而谓之学哉。予方务此，以自达于圣人也。因述其所以，而书其辞于壁，以为记。"为了让朱子学好"为己之学""自达于圣人"，母亲在朱成年冠礼仪式上，请来了老师刘子翚为其取字"元晦"，其含义为"木晦于根，春容晔敷；人晦于身，神明内腴。"先生所赠之字，深孚（得）祝夫人之意。朱熹的名字大红大亮，且生性耿直，恰好以晦中和，刚柔相济。为人做事，于晦于和，犹能像根深大树一样，春繁叶茂，内外兼秀。朱子读研过《周易》，知道元乃"元亨和贞"四德之首，先自"晦"过，自谦为"仲晦"。

诗中母爱礼大于情。朱子理学从某种意义上说，就是道德哲学。有人说，朱子的学说是以"理"为本体，以"礼"为外在规范，以人生的意义与价值为终极关怀的"礼本理用"的理论，朱子有关"礼"的启蒙来自母亲。朱子的第一部著作便是《诸家祭礼考编》。书中说道："某自十四岁而孤，十六岁而免丧。是时祭祀只依家中旧礼。礼文虽未备，却甚齐整。先妣执祭事甚虔。及某年十七八，方考订得诸家礼，礼文稍备。"束景南先生指出，《诸家祭礼考编》是朱子"后来作《祭礼》《家礼》和《古今家祭礼》的最原始的稿本，成为他生平《礼》理学思想的滥觞。"朱子参加乡试后的完婚，中举后回婺源祭祖，清明到政和为祖母祖父叔母展墓寄哀……方方面面，人情世故，俱是母亲打理，且与礼周严，与情妥帖。朱子曾经感叹母亲行事，"有人所难能者"。

母慈子亦孝。朱子的孝顺，报之以亲，报之以久，报之以业。

难得孝之以"色"。孔子说过："故事亲之际，惟色为难耳。"只有深爱才能和颜悦色。《二十四孝》中有《戏彩娱亲》的故事。说的是行年七十的楚国隐士老莱子，穿五色彩衣，行儿童之状，取娱双亲。朱子诗中"老莱母子俱徜徉"指的就是此孝。实际上，朱子的言行更有过之。"熹前再拜谢阿娘，自古作善天降祥。"熟悉朱子的诗歌的人都知道，其诗风萧散高雅，很少有口语入诗，更没有如此感情激烈，动作大幅的言行。朱子成诗之时，早已与佛教划清界限。但母亲信佛为善，朱子仍然迁就顺从母意，祝福常做好事的母亲会得到天降祥瑞保佑。

难得孝之以久。行孝最难是恒常。朱子书中表示："但愿年年似今日。"实际上《寿母生朝》只是为母生辰的一首诗。朱子以此为题材的诗还有："又一首""又二首""又三首"，真是一而再，再而三，且首首写得感人至深。《寿母生朝》的写作时间，有不同的说法。束景南先生考证为绍兴十七年，即1147年，母亲48岁。朱子在母亲的培育下，已是出类拔萃的行道士子；而主编《朱熹诗词选注》的杨青先生则认为写于绍兴三十一年秋，即1142年。祝夫人60寿辰之时。朱子自同安主簿任满回来闲居五年。我不去辨别哪个时间点，因为它们都证明了：只要朱子人在母亲身边，年年都要给母亲拜寿，举办庆生仪式。1169年，母亲去世了。朱子和门生蔡元定四处寻找风水宝地，倾其所有，购地安葬母亲。朱子在祝孺人的墓侧建了小屋，取名寒泉精舍，然后一守八年之孝。

难得孝之以业。不孝有三，其二为"家贫亲老，不为禄仕。"不管乡试夺魁之后，还是同安为官归来，朱子均告贫在家。诚如诗中所言："灶陉十日九不炀，岂办甘脆陈壶觞？"经济窘迫，母亲寿辰连办一顿好的酒菜都无能为力。好在母亲压根都忘了自己的生日。她安慰儿子"一笑谓汝庸何伤，人间荣耀岂可常。"但朱子可以让母亲骄傲的是学业有成，道德有成。不说朱子一生成就的儒学事业，仅数守孝八年，恰是朱子著述最为丰硕的时期。撰写《朱子传》的祝熹先生说："乾道六年（1170）到淳熙五年（1178），朱子几乎把时间都留给了寒泉精舍，在先人的墓侧，依礼守丧，无饮宴，远声色，脚踩地，头顶天；肃穆地思考生死的命题，恢弘地思考宋王朝的天下，安静地读书著书。"其著作有北宋诸子的《太极图说解》《西铭解》《程氏易传》《程氏文集》《程氏经说》《仁说》《巧言令色说》，有北宋名臣的《八朝名臣言行录》，有道统谱系的《伊洛渊

源录》，有先秦四子的《论语》《孟子》《大学章句》《中庸章句》。特别是与好友吕祖谦十一天编订的《近思录》，是我国第一部哲学选辑。朱子曾说："《四子》，《六经》之阶梯；《近思录》，《四子》之阶梯。"钱穆先生认为，这部书是中国人必读的七部经典之一。假如寒泉下的祝夫人有知，定会欣慰无比。

祝夫人生日和卒日都在秋天，朱子的《寿母生朝》也写于"秋风萧爽"的日子。那一个秋天，他们告诉后人，为人之母应怎样慈爱，为人之子该如何孝顺。

春日之喜

诗曰：

胜日寻芳泗水滨，

无边光景一时新。

等闲识得东风面，

万紫千红总是春。

换言之：美好的日子里寻春泗水河边，无限的风光景物一时都换上了新颜。很容易就认清了东风真实面貌，因为百花万紫千红都是春天的景致。

《春日》是首风景诗。王相注释《千家诗》时认为它是踏青之作，描写了春和景明的生动气象。作者构思宏大、逻辑缜密、语言清丽。首句点明时间、地点、目的。"寻芳"二字表明了主题，也交代了下面三句都是其结果。诗人"寻"到了什么呢？天上人间，焕然一新，这是第二句。第三句转为议论，说明"寻"的目的是"识"。最后一句则是对"寻"和"识"做了总结性的描绘："万紫千红"既是春天的美景，又是让人们认识东风的原因所在。"万紫千红"对应"无边光景"，既把"寻"落到了实处，又自成对偶。

读之，顿觉春天轰轰烈烈，来了。

朱子写下《春日》这首诗，也写下了在古诗中吟诵春天的地位。人们列举此类题材诗歌，《春日》是绕不开的话题。名家写春，大都从具体事物着笔，或柳、或绿、或水、或花、或鸟、或人。美的感觉只是"草色遥看近却无"。而朱子却着眼于宏大，对春做全景式的描述。无边光景，万事万物，生生不息，欢天喜地。《春日》感染了从牙牙学语的儿童到社会各界人物。习近平总书记访问联合国教科文组织演讲时就引用了"等闲识得东风面，万紫千红总是春"的诗句。

《春日》实际上是哲理诗。"泗水"乃孔子传道讲学之地。朱子并未去过，当时也无法前往。"靖康之乱"后，南宋与金国以淮河为界，隔江而峙。孔子弦歌讲诵的圣所早已腥膻一片。朱子"寻芳"寻的是孔孟圣人之道。这个学说广大精微，奥妙无穷，"万紫千红"，引人入胜，一旦把握圣学底蕴，则心旷神怡。黄坤先生则从另一个角度解释，"在这首诗中，晦翁（朱子）谕人，仁是性之本，仁的外观就是生意，所以万物的生意最可观，触处皆有生意，正如万紫千红，触处皆春。"朱杰人教授说，黄坤先生的读后感，"确实是启蒙发覆之论"。有人称孔子学说，仁学占了一半；孟子学说，大半是仁学。朱子专门撰写了《仁说》。朱子论"仁"归纳而言就是两句话："仁"是心之德，爱之理；仁是天地生物之心。"天地以生物为心"，是儒家前贤所说，而"人物以天地生物之心为心"则是朱子的发展。他还举例说明，"谓如一树，春荣夏敷，至秋乃实，至冬乃成。方其自小而大，各有生意。到冬时，疑若树无生意矣，不知却自收敛在下。每实各具生理，更见生生不穷之意。"朱子眼中的春日是儒家生意盎然的世界。

理学家大都能诗，不过佳作不多。北宋大理学家程颢的"云淡风轻近午天，傍花随柳过前川。时人不识余心乐，将谓偷闲学少年"之《春日偶成》，已属上乘之作，但与朱子的《春日》相比，高下立见。理学家们写的哲理诗，其传统可溯到魏晋时代的五言诗，评论家认为"淡乎寡味"。宋代以议论入诗蔚然成风，大都"硬语盘空，生拗峭奇"，说理有余，诗味不足，就像"有韵的哲学讲义"，最为典型的"北宋五子"之一的邵雍。"言性"写心，反对言情，成为"语录诗"。因其字康节，人们讥讽他的诗为"邵康节体"。同为理学大家的朱子，一扫此诗风，开创哲理诗的新局。他以鲜明的形象寓理，在一个个生动的具象中，从容隐喻说理，让山水与哲理联姻。正如后人所评价那样，有"理趣"而无"理障"。对"邵康节体"十分反感的钱钟书说，"假如一位道学家的诗集里，肯容些许'闲言语'，他就算道学家中间的大诗人。例如朱子。"《春日》没有半句议论影子，却又句句讲"理"。寓"理"于生动形象的比喻之中，就是议论的第三句，也把"东风"拟人化了，全诗生动有趣。

　　《春日》还是"为己"之诗，反映了朱子成长的故事。朱子不是天生的儒学大家。刘述先教授说，"朱子的思想规模宏大，发展的过程屡经曲折。"朱子这首诗可以说是其思想认识第一次飞跃的代表作。朱子自幼所受的是"儒家式"的教育，"每天读大学中庸之书，用力致知诚意之地"，但"某旧亦要无所不学，禅、道、《楚辞》、诗、兵法，事事要学，出入时无数文字，事事有两册。"其文并不排斥佛老。朱子曾言，"先君子少喜学，物外高人往还。"父亲所托的五夫"三先生"，按全祖望所说，"三家学说略同，然似皆杂于禅"。据说朱子参加科举考试，行李中带了禅师《大慧宗杲语录》，而殿试之时，竟然用禅家语录应试。同时其参空丝毫不下于禅学。夜宿武夷宫，随口吟出"闲来生道心，妄谴慕真境。稽首仰高灵，尘缘誓当屏。"任职同安主簿后，仕途上的一切并未引起朱子兴趣，还是儒释道同修。他把官廓中一座轩阁修缮后题为"高士轩"，向往超然尘世之外的生活，后来结集的《牧斋净稿》中禅道氛围甚浓，直至遇到一位儒学大家后，朱子的思想和心理才发生了重大转变。

　　正像李侗拜罗从彦为师时一样，朱子问道延平先生也是24岁。李先生与朱子父亲乃同执，共师罗从彦。朱子少小就已见过，且心生仰慕。从24岁这次相见开始，朱子与李侗有了十多年交往，经历了有所怀疑、正式拜师、共同切磋、教学相长的过程。陈来教授考证两人交往情况归纳成三个方面。

"第一，癸酉朱子见李侗时，受到李侗的批评，但当时朱子却怀疑李侗不懂禅学，心疑而不服……第二，朱子虽心疑李说，但还是听从了李的劝告，专心读圣贤之书，他对禅学当时的态度是'权倚阁起''且背一壁放'……第三，经过在同安的一段时间反复思考，认识到禅学之非与儒学之正。"钱穆先生认为李侗对朱子所教有"三大纲"："一曰须于日用人生之融合。一曰须看古圣经义。又一曰理一分殊，所难不在理一处，乃在分殊处。"李侗给朱子最大的影响是，让他看清了儒学佛道根本的区别，坚定了自己追求儒家圣人的立场，壮士断腕般彻底地"尽弃异学"。从而在儒学的道路上"勇猛精进"。

朱子与李侗的交往有几个方面值得说明：朱子出入释老并没有放弃儒学之根本。我和陈来教授谈及"逃禅返儒"的表述时，他就不以为然。朱子留心禅学，问及道家是有原因的：一是他当时广泛的求知欲；二是耳濡目染先贤的作为，认为释老与儒家学相合，也是"为己之学"，似可作为追求儒家圣贤之道的门户或者入道之助。不过，正因为有了朱子出入释老的经历，所以知己知彼，批判起儒释学说最为有力。钱穆先生说，"朱子识禅甚深，故其辟禅，亦能中要害。"宋时佛道盛行，不少理学家浸淫其中不能自拔，"故诸子辟禅，其实乃所以矫理之流弊。"在这方面，朱子倒是不遗余力，功不可没。还要说明的是，朱子尊崇李侗却未盲从。李侗思想源流可追及罗从彦、杨时和大程子程颢。他们注重直觉主义的内在体验，形成以静为宗的学派，追求"胸中洒落，如光风霁月"的气象。朱子独立思考，继承李侗又发展了李侗的思想，沿着并不完全相同的路线，建立起独特而庞大的理学大厦。刘述先教授这样描述，"延平自有其一贯之理路，但朱子由禅道翻出来，历经周折终于抛弃了以避世为高的思想，而体证到'万紫千红总是春'的境界……朱子不甘于李侗之言，打破砂锅问到底，这造成他业绩之大处。但他却发展出一特殊形态的思路。"当然，这是后话。

《春日》中表现出的朱子喜悦是巨大的，几乎铺天盖地。与之前特别是同安任上的心情相比，简直是天壤之别。在此之前，找不到孔孟圣学的入门要领，泛滥释老，驰心空妙之域，常常有高揖辞世之叹，心情悲苦，以至把仕宦感同"形役"，像"坐牢"一般。他问学李侗前后的两首诗，最能表达朱子心情的变化：拜见李侗前的《月夜抒怀》，结尾为"抗志绝尘氛，何不栖空山。"以皓月当空、秋床独眠、金桂飘香，高梧滴露，天风散发等意象，衬托高人逸士孤芳自赏与悲凉落寞的情怀。而在与李侗交往后的《教思堂作示诸同志》结尾中写道，"尘累日以销，何必栖空山"。诗中将儒家圣贤作为吟诵对象，虽是秋风已起，但天高气爽，清凉满窗。喜观士子来来往往，读经论道，仰慕孔门圣贤颜渊，追求曾参"风乎舞雩"的气象，所有的疲倦懊恼一扫而光，"鸢飞鱼跃""何必栖空山"。刘述先教授评点这两首诗说，看出朱子的"态度转了个一百八十度的弯"。陈来教授则言，"不仅说明他已一意归向儒学，也已充分说明他已觉得'圣贤言语有味'，这边味长。"历史地看，朱子的喜悦不仅是他自己的，也是文化的，我们的。

雨 中 即 情

　　朱子诗中多雨。捧起诗笺，心里顿生温润。细细检点，以雨为题的诗竟有33首，至于即景雨中意象的诗句，那更是不计其数。朱子的雨诗，覆盖了岁月季节，也摹写了发生的全过程，更寄托了人生情感：春雨、秋雨、冬雨；雨前、雨中、雨后；骤雨、小雨；雨打枝叶、雨入方塘；观雨、对雨……

　　且读《六月十五日诣水公庵雨作》：

> 云起欲为雨，中川分晦明。
> 才惊横岭断，已觉疏林鸣。
> 空际旱尘灭，虚堂凉思生。
> 颓檐滴沥余，忽作流泉倾。
> 况此高人居，地偏园景清。
> 芳馨杂悄蒨，俯仰同鲜荣。
> 我来偶兹适，中怀淡无营。
> 归路绿泱漭，因之想岩耕。

　　诗作平白晓畅，无须翻读。诗人首仕同安，造访水公庵遇雨。从雨前吟起："云起欲为雨"；继写雨中，瓦上雨积成泉倾流；再写雨后，草木鲜明明泛绿。古代诗评家云："前段不即说雨，备将云起风鸣，旱尘都灭，一番雨势摹拟，是做题中'作'字。中段形容草庵清凉，令人忘却题中'六月十五'之为盛暑也。一结，绘雨后景，尤佳，且确是久宦情事。"故而，想起躬耕田园。

朱子的雨诗，以三十岁为界，形成两种景象：前者多，后者少。以雨为题的诗大多写在绍兴二十二年至二十七年。也就是朱子23岁到28岁的时候；前者幽，后者白。有如宋代诗人蒋捷所说："少年听雨歌楼上，红烛昏罗帐。壮年听雨客舟中，江阔云低，断雁叫西风。"风声、雨声、读书声；物外、方外、尘事外。"读书春日晏，雨至满郊园"，写于23岁；"拥衾独宿听寒雨，声在荒庭竹树间"，写于24岁；"与君此日俱无事，共爱寒阶滴雨声"，写于26岁；"读书清磬外，看雨暮钟时"，写于27岁；作者这类雨诗大多收集在"牧斋净稿"集中。

不仅仅是年岁增长，而且还因儒家的坚定，理学研究的深入，朱子雨诗中的人民性愈发呈现三十岁后。雨中即景，景中即情，点点滴滴皆与百姓生计关联。就是同朋友游历百丈山时，仍不相忘人世间。《西阁》诗云：

> 借此云窗眠，静夜心独苦。
>
> 安得枕下泉，去作人间雨。

王维曾有诗，"不知栋里云，去作人间雨。"有人评价：辋川诗是"高人闲致"，而朱子则是"圣贤热肠"。

久旱逢甘霖，朱子欣然挥笔"喜雨"：

> 雨师谁遣送余春，珍重天公惠我民。
>
> 且看欢颜垂白叟，莫愁频频踏青人。

是谁请雨师春末给干旱送来喜雨，珍惜天公惠顾劳苦百姓，你看白发老人和踏青小伙，无不鼓舞欢欣。

> 仰诉天公雨太多，才方欲住又滂沱。
>
> 九关虎豹还知否？烂尽田中白死禾。

风云变幻，喜雨又转为"苦雨"。朱子39岁时，武夷山久雨成灾。朱子引用楚辞典故，直接谴责"天公"，质问值守天门的"九关虎豹"。诗虽然用俳谐体，但对于以天为命的朱子而言，感情是何等激烈？

祝熹先生在《朱子诗词一百首鉴赏》中写道："作为兼善天下的理学家，朱熹没有写'小楼一夜听春雨，深巷明朝卖杏花'，也没有写'细雨春风花落时，挥鞭直就胡姬饮'……"当然，更没有戴望舒的丁香雨巷，也没有现代人忘记带伞狂跑雨中。他心中装满着百姓的饱暖"寒饥"，牵挂的是民本的春耕夏种、秋收冬藏。"爱君希道泰，忧国愿年丰。"

以民为本是中华民族一直以来的思想精华。孔孟发扬光大，而朱子进一步继承发展。朱子的贡献在于：理论上，从天理的高度阐述民本思想，为其找到本体论的哲学依据。43岁时修订完成《西铭解义》。他对张载名著的解说，可以用四句话概括："乾父坤母，民胞物与，天下一家，中国一人。"既然天是父亲，地是母亲，人民乃同胞手足，万物与我同类，整个天下都是一家人，那么统治者应当视民为己出，以民为本。孔子的学说，仁学占一半；孟子的学说，大半是仁。然而他们对仁都是作"指示语"，而未下过定义。只有朱子给仁作了质的规定性：仁是天地生物之心；仁是心之德，爱之理。统治者实施仁政，就要仁民爱物。亦即"国以民为本，社稷亦为民而立；"亦即"爱民如子""取信于民""与民同乐"；实践上，朱子身体力行民本思想。他在职为官不到九年，初仕同安便以"视民如伤"为座右铭。他想为民做很多，但种种原因，许多他想做而无法去做，去做又只做了一半。只有两件事，他想到了又做到了，那就是抗灾和兴教。这两项都事关民之大本。他亲自组织了南康和浙东的赈灾。离开之时，百姓"阖境千里欢呼鼓舞"，甚至以板车挡道不让起发。朱子没有担任过武夷山的主官，当地百姓的疾苦他却十分关心。1168年，武夷山遭受重大水灾，县令请他出面帮忙。朱子亲自修书建宁府求助，借得600石谷子给百姓。灾后，朱子在群众还回谷子的基础上，建立了"五夫社仓"。平时外借，"以谷还谷"，收取20%的利息；灾时以低息甚至无息接济灾民。套用现在的话，就是用市场经济的办法赈灾。这个做法在闽北率先推广，灾民"脸无菜色"。社仓运转十年，储粮增至3200石。朱子的惠民创举，朝廷以"社仓法"颁行天下。朱子在抗灾期间写诗不多，但他却用满腔心血和辛劳写就了人间"喜雨"之诗。

好雨知时，好人知雨。朱子熟谙雨情农事，得益于生活乡间，加上担任过五处地方官的经历。如他所说："久处田间，习知稼穑。"他在跋唐人《暮雨牧牛图》中写道："余老于农圃，日亲犁耙"。他懂农事也亲于农事。春来，发榜《劝农文》；夏末，观刈早稻；秋到，拾栗入药；冬末，把酒辞旧。

> 黄昏一雨到天明，梦里丰年有颂声。
>
> 起望平畴烟草绿，只今投笔事农耕。

此诗是《和喜雨二绝》中的另一首：春雨从黄昏下到了天亮，人们做梦都在庆祝丰年。晨起看到雨后的平原——雨雾弥漫，绿草如茵，生机勃发，朱子也要放下书笔参加农事活动了。

从朱子自述看，他对农活"十八般武艺"都不陌生。由此肯定他向不少农人请教过，诗歌里有位秀野先生频频出现。他对朱子的影响很大。自号秀野的老人就是刘韫。他是刘子羽和刘子翚兄弟的叔叔，晚年以朝散大夫退休。刘氏以诗名，人称："吟龙"。他在武夷山城南居住地，建造了一座山庄，内有台榭花木，园林池沼，遍植瓜果菜蔬，实际上更像一个家庭农场。朱子说："旧喜樊迟知学圃，今看许子快论功。"

孔子的学生樊迟爱向孔子学种菜；高士许行偏喜亲自种稻，秀野先生也像他们一样，自己动手，丰衣足食。朱子向他学诗也学农事。他们志同道合，相互切磋。他和秀野老人唱和诗有上百首，其中很多都是农事为主题。朱子几乎写尽了农庄里所有的作物，诸如：萝卜、子薑（姜）；茭笋、南芥、木耳、芋魁等等。朱子这个时期诗作，评论家认为"才华横溢、较为典雅"。就是吟诵乡间风物，俗则俗矣，但"读来亲切"。诗中当然雨意充沛："阿香一笑走半隆，雨遍平畴万顷中"，写的是雷神送雨；"悠悠江上林，白日暗风雨"，写的是竹林翠绿欲雨；"食寒到处雨复雨，客里归来山又山"——写的是清明多雨。再读读《次秀野"躬耕桑陌旧园"之韵》中的第一首：

> 郊园旱久只多蹊，昨夜欣沾雨一犁。
>
> 已办青鞋随老圃，便驱黄犊过深溪。
>
> 农谈剩喜乡邻近，馌具仍教妇子携。
>
> 指点竹寒沙碧处，不知何似锦城西。

旧的桑园久旱得踩出一条条道路来，高兴的是昨夜一场雨，则好一犁入土，诗人已准备了草鞋跟着老农，赶着黄年趟过深溪，开始了耕作。耕余农人相聚闲谈，所喜的是乡里乡亲共住一处。这时妇女孩子们提着餐具送饭到田间。指看碧竹掩映的岸边，那村庄情景怎么像秀野为官的成都锦城呢？诗作中的主角有不同的解释：有人说是秀野躬耕桑陌，有人说朱子与刘氏老人一道。不管如何，至少朱子心随刘氏，且描写真实感人，说明诗人亲历过劳作。有评论家言：青鞋黄犊，天然野趣。

这个冬天旱了很久，又处"疫"期，人们读着朱子的诗歌，心中思念那一犁春雨。

半亩方塘

朱子《方塘诗》的出名，半是因了艺术上的造诣，半是在于思想嬗变的标志。

李侗走后，朱子的心情很差，拿他自己的话说，"有山颓梁坏之叹，怅怅然如瞽之无目，终日而莫知所适。"其原因不仅是情感上的打击，更是学术思想上"有疑无与析，挥泪首频搔。"一个"中和"问题就让他困顿不已。

"中和"思想的表述来自《中庸》，"喜怒哀乐未发谓之中，发而皆中节谓之和。中也者，天下之大本也；和也者，天下之达道也。致中和，天地位焉，万物育焉。"贵和谐，尚中道是中华的传统价值观和智慧，做到"中和"就能天人合一，和谐有序，万物向荣，天下和美。但是怎样实现"中和"，通过修养功夫提高道德品行。在"已发未发"动静之中，在即物应事中符合天理不出错误，都能恰到好处？这是思想学术界争论不休的问题。到了宋代更是关注的焦点。儒佛观点迥异不说，就是理学家们也各执其是。杨时、罗从彦、李侗道南一派主张于"静中体验未发"，强调默坐澄心，体认天理；胡安国父子、张栻的湖湘派则把"居敬"作为修养方法，强调"先察识，后涵养"。

朱子原先是按照李侗的教导去做的，恪守静中体认大本未发时气象，以求"处事应物自然中节"。结果却如陈来教授所说："一个明显的事实是，

观书有感

朱文公

半亩方塘一鑑開

天光雲影共徘徊

問渠那得清如許

惟有源頭活水來

朱熹始终不曾找到那种体验，尽管在延平生前死后他都做了很大努力。他的困学诗所谓"旧喜安心苦觅心，捐书绝学费近寻"说的正是这种情形。他意识到李侗的主静有两个弊病：一是流于佛家的禅定，二是偏于静。研究中，他发现李侗师承的"二程"，关于"已发未发"的思想也不一致。大程主张于未发求中，而小程则认为，"若存养于喜怒哀乐未发之时，则可；若言求中于喜怒哀乐之前，则不可。"先哲们的矛盾，更让朱子"莫知所适"。

朱子开始了自己的"中和"思想的艰难探索。他不惜把程颢程颐的著作核正一过，同时埋头精读湖湘派代表胡宏学说，并与张栻等天下学者开始广泛的讨论，对儒家的人性理论进行系统的反思总结。朱子"既不是从心理上，而是从哲学上探求未发已发，以至引发出他的整个心性情的理论体系。不是通过未发已发获得神秘体验，而是把未发功夫作为收敛身心的主体修养。"他以"理"为指导和主线，将儒家庞大的人性概念范畴梳理贯通并圆融解释：天赋本性，"性即理"也，"心为已发，性为未发"，"静是性，动是情"，心统性情，心有善恶，性无不善，如何正心、治心，变人心为道心呢？经过艰苦摸索，在李侗去世后的1166年，朱子终于确立"主敬"的涵养办法，实现了"中和"学说的"丙戌之悟"。喜出望外的他连忙致函泉州弟子许升，信中便有著名的《方塘诗》。这是此诗第一次与世见面，也是朱子思想又一次飞跃的里程碑似的标志。

《方塘诗》中的"源头活水",既指读书法,更喻修养功夫。

诗曰:

半亩方塘一鉴开,天光云影共徘徊。

问渠那得清如许,为有源头活水来。

诗用比兴手法,形象直白:半亩方塘,镜开照物。天光云影,移动其中。水清可鉴,问它为何?源头活水,源头活水!理语成诗。诚如台湾学者董金裕说的那样,"不设一典,不使一事,将自己的真切体验以及其中所蕴含的深刻哲理,用明白如话的寻常语言道出,正是严羽所谓在多读书穷理后所达到'一不涉理路,不落言筌'的上乘之作"。

很多人认为诗中所寓之理乃读书方法。这首七言绝句收录朱子文集中名为《观书有感》。

实际上它是指为德之学,反映的是"中和"实现的修养工夫。朱子在给许升的信中写道,"秋来老人粗健,心闲无事,得一意体验,比之旧日,渐觉明快,方有下工夫处。日前真是一目引众盲耳,其说在石丈书中,更不缕缕,试取观之如何,却一语也。"束景南先生解释道,"朱熹此时正同张栻、石丈许升等闽中和湘中学者讨论'敬'的存养功夫,一日引众盲就是张栻在以"居敬求仁,引导众盲。'源头活水'就是指'敬',是他和许升讨论'敬'字活与不活时借喻吟咏自己对'敬'的豁然领悟。"无怪乎,有学者分析《方塘诗》时说,一个只有半亩大的池塘,水量不可能很多,怎么能波光粼粼如镜清澈可鉴?分明作者是以半亩方塘来比人心。只要主敬涵养,方寸之心就能成为明镜,明理见性,即物应事做到中和。他曾说过,"心犹镜也,但无尘垢之蔽,则本体自明,物来能照。"在他看来,人性就像一条河,本质和源头是清澈的,流过的地方多了,河水受到污染慢慢地变得浑浊。通过主敬涵养的修养工夫,就能清除污染恢复保持到心的本来状态,在认识应接事物时候就不会发生偏差。

被朱子誉为"源头活水"的"敬"字含义,远比现代人理解的丰富。敬,降服人心也;敬,专一也;敬,惺惺也;敬,收敛身心也;敬,体现在应事接物上。"丙戌之悟"后，朱子继续探索又实现了"己丑之悟"，将"中和旧说"发展为"中和新说"，在修养功夫论上，确立了"主敬以立其本，穷理以尽其知"的原则。当心"未发"静的时候，要以心主宰"性"来彰显"天理"；当心"已发"动的时候，"性"表现为情，要以心来主宰情，传情符合"性"的要求，做到"中和"。静时涵养于未发，动时察治于已发，"主敬涵养"要贯穿动静始终。同时要与格物致知、正心诚意相连接。如李泽厚先生所言，朱子的心性论"上连天道，下接伦常"，横跨本体论、认识论和方法论。所以，朱子把"主敬"作为"圣门第一要义"，"圣门之纲领"，也作为自己为学之大旨。可以这样说，朱子正是从"主敬"出发，开始"重建以人的伦常秩序为本体轴心的孔孟之道"。

《方塘诗》中的方塘，既是具体实指，又具象征意义。

方塘的地理所在，似乎比朱子心性理论更为复杂。有人认定福建尤溪，朱子父亲曾在当地写过一首词，"清晓方塘开一镜，落花飞絮，肯向春风定。点破翠奁人未醒，余寒犹倚芭蓝劲。"父子诗词首句几乎如出一辙。有人指认为建阳考亭，《建阳县志》载："绍熙二年（1191），朱子凿方培半亩，构亭其上，而额之于此。"嘉靖《建阳县志》也言，"天光云影亭在考亭书院之西，文公故居门外。绍熙三年王子朱文公所构，手书四字揭于门楣"，有人证之其位置应在朱子祖籍地的江西婺源的紫阳山下，有人则推测也许是福建莆田荔城区黄石镇的国清塘……更多的人把目光定格在武夷山的五夫镇。朱子父亲临终托孤武夷山五夫好友刘子羽和籍溪、白水、屏山先生们。"三先生"的字号均是五夫的山水名胜，而朱子所寄居的"刘氏庄园更是枕山带水。多年后，朱子在诗中说到，"忆住潭溪四十年，好峰无数列窗前。虽非水抱山环地，却是冬暖夏冷天。绕舍扶疏千个竹，傍崖寒洌一泓泉。谁教失计东迁缪，蓦卧西窗日满川。"故居旁的方塘虽为新修，但"泓泉"犹在，且活水源源不断。朱子《方塘诗》写于乾道二年，三十七岁之时。这年三月，林用中前来五夫求学；五月，何镐书来问学；六月，蔡元定也来屏山问学；十月，与张栻，刘珙讨论校正二程先生之文集。除此之外，朱子还编定《周敦颐通书》，修订《孟子集解》，"二程语录"编集《杂学辨》。总之，这一年朱子人在家中，家在武夷山下五夫里。《方塘诗》是朱子中和旧说形成的重要标志，由此引发建立了朱子的"道德哲学"，对中国和世界产生了巨大影响。从这个意义上看，"半亩方塘"，极具象征意义。我们可以这样说："源头活水天下流，人间处处有方塘。"

雪花飘扬

八百多年前的南宋肯定比现在冷，朱子诗里才能一再有雪。雪几乎是他诗歌中的第一意象，以此为题的诗近四十首。

朱子的雪诗不乏佳作，读读《次韵判院丈雪意之作》吧：

> 端居岁复穷，闭户守冲澹。
>
> 风阴原野悲，月黑庭除暗。
>
> 淅沥静先知，崩奔谁与探？
>
> 坐想青瑶林，寒光生素艳。

年末闭坐家中思雪，"寒光素艳"的雪意也是从想象中得来。通篇皆在言雪，却不着一个"雪"字。朱子写衡山雪景，就像描绘了一幅"风雪乔岳图"：仙人相招、众真来翔、洛公列筵，江妃侑坐，满天风雪似千尾旌，如万壁矶。他写雪落有声，"忽复空枝堕残雪，恍疑鸣璈落丛霄"；他写雪美如莲，"月晓风清堕白莲，世间无物敢争妍"。他的语言平白易晓又富有个性，有的竟直通现代——"飞霰忽下零，雪花亦飘扬"。前人评论，似有李白诗风。

> 头上琼岗出蒨青，马边流水涨寒汀。
>
> 若为留得晶莹住，突兀长看素锦屏。

雪开始化了，白玉般的山岗露出了青色，马边的山溪水涨起来了。朱子却希望积雪不要融化，高山就像素雅的屏风，晶莹夺目让人长久地欣赏。

雪成了朱子的至爱。他观雪、赏雪、踏雪、吟雪，甚至作出更为激烈的举动。1167年，38岁的他带上弟子林择之，应邀湖湘行。大雪纷飞、天寒地冻，他们决定雪中游衡山。作为地主的湖南帅张孝祥，力加劝阻，摆出诸多理由："风雨留人""须待稍晴""千金之躯，宜自爱惜。洪涛际天，溺马杀人"。但朱子和张栻等人，执意成行，此举可谓拼雪。

雪在朱子的心目中纯洁高尚。"茫茫云雾合，一一琼瑶枝。""仰头若木敷琼蕊，不是人间玉树花。"他没有把冰雪的高标归属佛家。绵延八百里的衡山，还是三千世界，拥有五大丛林。朱子一行住方广寺一夜，恰逢寺中长老守荣坐化。朱子诗中吟道："拈椎坚拂事非真，用力端须日日新。"这既表明自己否定涅槃佛说的态度，也是对流于说禅湖湘学派的批评。他在另一首雪诗中表示："贝叶无新得，蒲人有旧盟。咄哉宁负汝，安敢负吾生。"朱子也没把冰雪的清辉让给道家。作客长沙时，朱张等人经常在张孝祥所建的"敬简堂"讲学论道。分韵赋诗。一日来了青城山老道皇甫坦，大

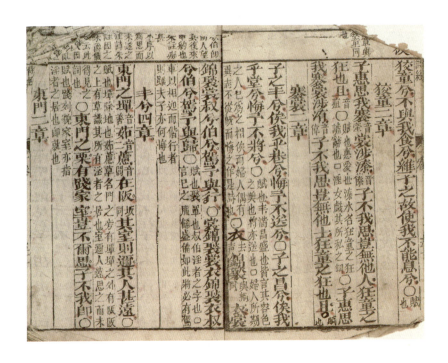

家尊为上宾。只有朱子横眉冷对，并在《敬简堂分韵得月字》诗中批评、告诫："兹焉辨不早，大本将恐厥。吾言实自箴，君听未宜忽。"事后张孝祥致谢自责。朱子把冰雪的高洁当作自己精神的图腾，就像他在"圣贤气象"中所谈到的"光风霁月""温润如玉"一样。它是儒家思想的最好表征。

"万事尽纷纶，吾道一以贯。"《崖边积雪取食甚清次敬夫》一诗，把理学家与冰雪世界渊源说个端详：

> 落叶疏林射日光，谁分残雪许同尝？
>
> 平生愿学程夫子，恍忆当年洗俗肠。

程颢、程颐是否餐雪洗俗？我手中并无资料。请教有关专家，得到答复是："未见二程此事，但朱子大约是读了程颢《长啸岩中得冰以石敲餐甚佳》之诗，想到澡雪精神，两人的诗倒有几分相似。"诗曰：

> 车倦人烦渴思长，岩中冰片玉成方。
>
> 老仙笑我尘劳久，乞与云膏洗俗肠。

二程开创了理学，朱子集理学之大成。朱子用分享崖边积雪通俗故事告诉大家：只要用理学武装自己，就能心明眼亮，超然脱俗，道德高尚，成圣成贤！

朱子的雪诗大多写于中年，较集中于湘岳之行。此时的朱子大本已立，自己学说的"七樑八柱"初步搭建。闽北文化人祝熹先生的《朱子传》是在"承继道统，构建理学"章节中，叙述朱子"湖湘之游"的，其序曲则是"溯源北宋四子"；而束景南先生的《朱子传》则是在"中和旧说"和"中和新说"中间，插叙了朱子的"衡岳之游"。这样的安排都再好不过说明了：朱子已经实现了"丙戌之悟"，正在酝酿着"已丑之悟"的重大突破。他找到实现中和、达到中庸的根本办法。他的中和学说是一种融合了闽学与湖湘学、明道主静与伊川主敬两家指诀的理学思想。朱子认为他的中和学说是二程思想的"大要"和自己生平学问的大旨。既然学说关系到湖湘学派，那么朱子衡岳之游，绝不是简单的冰雪之旅。踏雪不无蕴藉，吟诗句句有怀。

朱子和张栻的关系非同一般。一是世交。两人父亲是同榜进士；二是道合。张栻系湖湘派创始人胡安国儿子胡宏的学生，朱子则是胡安国侄儿胡宪的学生；三是志同。两对父子皆是力主抗金的主战派。朱张自从那年南昌讨论"中和"之说开始，相互就理学诸多问题进行论辩。此次长沙相聚两个多月，"胜游朝挽袂，妙语夜连床"，两人对"太极""敬""仁""中庸"等，展开讨论，也包括双方各自的著作、合著的切磋。南岳之行，论道一路继续，两人雪中深谈，当然也吟诗：

> 往时联骑向衡山，同赋新诗各据鞍。
>
> 此夜相思一杯酒，回头犹记雪漫漫。

此诗是与张栻分别后，《次择之所喻道中跨马奉怀南轩》。明明是和弟子林用中的诗，主旨却变成思念张栻，有如"王顾左右而言他"。朱子此类诗为数不少。朱子一方面肯定张栻和湖湘派的学识，"昔我抱冰炭，从君识乾坤"；一方面又不讲情面，批评湖湘派"株守师说，流于说禅""胡氏子弟及宅门人亦有语此者，然皆无实得，拈槌竖拂，几如说禅矣"。朱子就是这样，既爱道友，更爱真理。他和张栻可以称得上岁寒之友，冰雪性格。

朱张雪中会晤，并不是空谈性理，风花雪月。他们所论无不与现实相关联。朱子行前参与过武夷山的抗灾，"杉木长涧四首"组诗描写了洪灾给百姓带来的悲惨，但更让他愤怒的是"今时肉食者"的"漠然无意于民"。此行，他还为张栻之父，抗金名将张浚撰写行状。正如束景南先生所说："实质上是对靖康以来南宋整整一部投降卖国、乞和苟安的屈辱史最沉痛含泪总结……这是他们向当路进献的考见历史得失成败的龟鉴，也是他们共同对南渡四十年现实全面的理学反思。"他们要向世人说明："千余年道学不明，士子陋于耳闻目见，无以知道入德。"山河破碎，天下无道的根本原因在于"道德哲学"的理学不举！"若此学不明，天下事绝无可为之理。"朱张二人谈起国事竟有惶惶不可终日之感，"几至陨涕"。忧国忧民的思虑也反映到雪诗之中：

> 塑风吹空林，眇眇无因依。
>
> 但有西北云，冉冉东南飞。
>
> 须臾层阴合，惨淡周八维。
>
> ……
>
> 繁华改新观，凛冽忘前悲。
>
> 摛章愧佳友，伫立迎寒吹。
>
> 感此节物好，叹息今何时？
>
> 当念长江北，铁马纷交驰！

这是朱子和刘彦先生观雪诗所作。第一部分描写雪落前的景象：呼啸的寒风吹过空疏的林子，毫无阻碍，肆无忌惮。西北方向的天气，缓缓向东南飞来。霎时层层叠叠的阴云聚合在此，天地四方一片惨淡。省略的第二部分，描述了雪花飘落，万里洁白的场面。诗人指出，这是天地造化，"皓然遂同色，宇宙乃尔奇。"第三部分对景忘悲，感时忽叹息，北方宋金交战正急。有人将此诗作为战争诗来读，有如陆游的"铁马冰河入梦来"之诗；有人则读出欧阳修的"可怜铁甲冷刺骨，四十余万屯边兵"讥刺时政之意，似乎都无不可，南宋中国，兵荒马乱，山河负重，连雪都无法下得安宁！

诗样松溪

　　听完我的松溪文章写作打算，省作协毅达主席笑曰："此番采风，你是在寻找湛卢的'另一半'。"

　　湛卢是座山。"在县南，连亘东关，松溪二里及政和县界。《方舆记》云，'山形峭峻，常有云雾浮凝，若当春，若经秋，炫耀百状。'"湛卢也是把剑。"欧冶子铸剑有名湛卢者，因以名山也。"湛山十六景中与剑相关的就有七处，诸如"剑峰""铸剑炉""试剑石"等等。元代的杨缨将欧冶子在此铸剑的过程作了个"宏大叙事"："取锡于赤堇之山，致铜于若耶之溪，雨师洒扫，雷公出囊，蛟龙捧炉，天帝装炭，盖三年于此而剑成。剑之成也，精光贯天，日月争耀，星斗避彩，鬼神悲号。"湛卢是松溪的精神高地。有位主政过此地的领导，抑揶当地人"三天不见湛卢山，两眼立马泪汪汪"。

　　我眼中的湛卢世界，不仅有剑影刀光，更有斯文书香；不仅有雄风豪气，更有雅韵柔肠。"天铸长虹悬一剑，地回文笔卓三峰。"翠微高过山巅，弘诵胜过天籁。山的东面是朱熹。朱子父亲辞世后，祭扫爷爷奶奶的重任就落到了他的肩上。从武夷山到政和，湛卢是必经之地。于是朱子筑室山中，读书修业，杖履存神，后人称为"吟室"，并建"湛卢书院"传承纪念。松溪创作采风，我想探寻朱子湛卢的足迹和风采。

那个星期天的大上午，副县长危建平和湛卢所在的茶坪乡叶书记和马乡长，同我们一干人奔向湛卢山的深处。从地图上看，峰顶有上祠，半腰有中祠，峰脚有下祠，均有历史的遗址：上是千年古刹"清凉寺"，中有杨氏书院，而下才是我们寻找所在。车到半山路不好，只好下车步行。穿过一片竹山，攀上几步坎层，芦苇野刺遍横，还好遗迹保护责任人也是村里书记，挥动加长的柴刀，引导我们一路披荆斩棘来到目的地。在朋友们的指点下，我才依稀辨认出"吟室"的基址，前后两进，占地约有六百平方米。基础之上建筑荡然无存，只见芳草凄迷，间或有几株瘦小的树木，形单影只。想起方志上记载，"吟室"及后建的"湛卢书院"几经兴废，历尽沧桑，古人就曾感叹，我辈只能复为感叹，"吟室留空山，寂寞少行迹""苍凉读书台，先生呼或出"。

既为"吟室"，必有放歌。松溪先贤曾生动描写朱子"常抱膝而长吟"："时而玩峰头之月，时而鼓洞口之琴，时而倚檐前之竹，时而听窗外之禽。文射北斗之光，一灯频燃黎火；山擅南天之秀，万象尽罗胸襟。"诗作呢？除了《咏瑞岩》那首七律外，松溪文友们津津乐道的是那首《登卢峰》五言古风，且是唯一的一首。诗曰：

卢山一何高，上下不可尽。

我行不忘疲，泉石有招引。

须臾出蒙密，矫首眺无畛。

已谓极峥嵘，仰视犹隐嶙。

新斋小休憩，余力更勉黾。

东峰切霄汉，首夏正凄紧。

杖策同攀跻，极目散幽窘。

万里俯连环，千里瞰孤隼。

　　因知平生怀，未与尘虑泯。

　　归途采薇蕨，晚饷杂蔬笋。

　　笑谓同来人，此愿天所允。

　　独往会淹留，寒栖甘菌蠢。

　　山阿子慕予，无忧勒回轸。

　　朱子诗中叙述了一干好友攀登卢峰的过程和感受：高高的卢峰上下不可尽，泉石秀丽让人忘记了疲劳。刚刚穿出密林，又见林海茫茫，已是高山峥嵘，仰头一望还是高山。在新建的书斋里小坐休息，用剩下的力气再努力向上。卢山最高峰仿佛切断云霄，春夏之交风寒而急，拄杖与同辈们一起攀登，放眼四望郁闷之情逐渐散去。山势万里连环逶迤，千重山上俯瞰孤单的鹰隼飞翔。我知道自己尘心未为泯。归来途中采薇采蕨，加上蔬菜和青笋作为晚餐佳肴。笑对同伴说，这都拜天所赐。我多想独自留在这里，像

矮小的灵芝菇菌默默地在僻静处生活，无须担心山神不会接纳我。但是我还是驾车返回。朱子此诗清新自然，朴实平易，颇有魏晋之风。

　　采风归来，查阅朱子诗歌的材料，我却怎么也寻不到《登卢峰》这首诗。最后只好根据束景南《朱熹年谱长编》的线索，逐一翻阅"巴蜀书社"郭齐教授的《朱熹诗词编年笺注》。第一遍仍寻不见，第二遍终于找到诗文，读完后大跌眼镜：原来这首登载在松溪县志上的朱子诗既不在当地所写，也不是为湛卢而作。

　　事实是乾道六年，亦即1170年，41岁的朱子在建阳寒泉精舍与蔡元

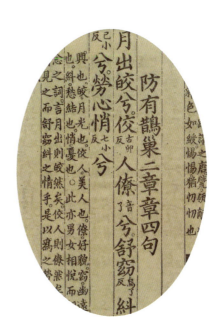

定、何镐、杨方讲论，共游芦峰，有诗唱酬。这首诗的题目为《游芦峰分韵得尽字》。朱子与同伴经常玩分字赋诗的游戏。此次朱子分得"尽"字作为韵脚，所以诗的第一句是："芦山一何高，上下不可尽。"其余诗句一如前述，诗的注脚明确说明，芦山在建阳西北七十里，云谷是其绝顶。诗中新斋乃朱子新建的"晦庵"，因为营建未完，故当日往返，未宿山中。可见此"芦"非彼"卢"，这山非那山。

事实似乎已很清楚，但数百年来为什么无人订正？我和文友们讨论，大家意见纷呈：有人说，建阳和松溪古代同属一个府，山川形胜大体相同，写云谷等于就是写湛卢，可以视同为一。有人说，古代"芦"与"卢"是同音字，能够通用。从甲骨钟鼎文到石鼓碑文、大篆小篆中的"芦"与"卢"是同一个字。《辞海》解释"芦沟桥"又称"卢沟桥"，因此有可能把朱子《登芦峰》错为松溪的《登卢峰》，谁是谁的原型说不清楚。有人说，肯定是县志编撰者有意为之。目前国内《松溪县志》有两个版本，一是宁波天一阁收藏的明嘉靖丁酉版的残缺孤本，承蒙县博物馆馆长、版画大家兰坤发先生赠送我一部影印本，其中并无朱子诗歌；另一部清康熙庚辰版本，朱子《登卢峰》一诗赫然列在"文艺志·诗词"之首。此本县志主编就是时任知县的潘拱辰先生，本来就是诗词好手，志中收入他的十几首诗，也许是冲动之下有了移花接木之举。不过爱"诗"文之心人皆有之。就像朱子《观书有感中》的"半亩方塘"，各地都把它据为己有，谁都说服不了谁。我想，只要朱子本人不提异议，大可不了了之，因为美属于整个人类。

不过朱子对松溪的影响是深远的。不说后人以"吟室"为吟诵的对象，更是以此推动当地教化发展。县志有文载之："松溪之有书院也，肇之宋大儒朱子尝读书于湛卢山麓，余韵流风，足使闻者兴起，后人因即吟室遗址，创为弦诵之区，中祀朱子，配以黄、蔡、刘、真诸儒，旁居生徒，教以濂、洛、关、闽之学，置田收租，以资作育。"虽然书院几经兴废，但文明薪火不灭。有时迁往城里，有时复建于山麓，有时山城并举，而且始终以"湛卢"命名。古人感叹："湛卢育才之盛，直将与鹅湖、麓洞齐名。"在人口不过三万五小邑，培养出26位进士、国子监共生171人。书院的本意不在科举，其旨教化，在这方面成效更大。"行见松之士习文风，蒸蒸丕变"，人人"彬彬向风"，松溪诗意绵绵。

项溪，一条穿村而过的溪流流淌着《烧茶桥》的故事。每年农历四至十月，村民逐户轮流每天自带茶叶和薪柴，到桥上烧水泡茶，无偿提供给劳作的人们和过往客人饮用。这一习俗延续了六百多年从未间断。村民把烧头日茶作为殊荣，让给德高望重的人们，已经有好几位老人"享受"了三十年烧"头道茶"的待遇。那天，我们来到厝桥上，虽然还未到四月，锅灶尚未"开锅"，水桶也未沾湿气，但大家已经闻到扑鼻的茶香。抬眼看到桥上"清泉滋万物，香茗润众心。""村中钟毓地，落下晶莹珠"的对联，顿时觉得诗心荡漾，那诗的韵脚便是积善之德。

大垌，一座"讲理亭"撑起了理性的天空。"衙门八字开是开，有理无钱莫进来。"村庄的老百姓用方言说起这句话时，别有一番韵味和感受。很早时候起，村民遇到纠纷不是进衙门，而是来到讲理亭，请乡绅贤达调停裁决。一旦成功，有时是输理者，有时是双方到亭旁古渡口，点烛燃鞭，重归和好。村中还有块清乾隆五十四年的"奉禁碑"，严禁砍伐树木，谁若违反，必须杀猪送给每家每户半斤肉，同时还要到亭边大樟树向全村赔礼道歉。了解这一切后，不禁觉得诗意翻涌，那诗的主旋律便是正义公平。

吴头山，湛卢山脚一坐朴实的村落，却是省文联支持诗歌创作基地。

自从古渡梅口岸边搬迁过来后，愈发接近诗歌的故乡。那天陪着省文联王秋梅书记一行探访"湛卢诗歌村"。穿过土墙斑驳历史幽深的老村落，穿过芳香四溢的红豆杉、樟树、梧桐、银杏、桂花和茶园，穿过悬挂充满墨香的古今诗文的长廊，来到诗歌创作楼前，眼前幻觉闪过，仿佛见到"吟室"焕然一新出现在面前。"诗歌村"不仅是本县文友聚集之地，更吸引省内外同仁包括《诗刊》主编来此高吟。诗人朱谷忠老师为它写下了《诗到山前必有路》的纪实。诗人哈雷先生则道出了诗友们的心声："吴山头给我神似般的故土迷恋——那是我灵魂可以就此扎根的地方，是灵感的始发地，是心灵的原乡。"

现在看来，也许正是那场朱子诗歌"美丽误会"，成就了诗样松溪。

鹅湖诗会

谁能想到，影响千年百世的"鹅湖之辩"竟然以诗开场。

发生于1175年的"鹅湖之辩"，有关研究文献可谓汗牛充栋。它是中国思想文化史上绕不开的话题。陈荣捷教授说："以言朱陆交游之考述，莫精于钱穆。以言句论之分析，莫过于牟宗三，以言鹅湖之描叙，莫善于程兆熊。"陈来教授在《朱子哲学研究》中专辟三章讨论，特别分析了鹅湖之集前朱陆的思想状况；而陈荣捷教授则写了《朱陆鹅湖之会补述》《朱陆通讯评述》，对地点、日期、人物、讨论题目，尤其是事后交往加以考证。刘述先教授则在一篇文章中写道："记得在清初，已经有人讽刺说，鬼声啾啾，细听原来在讨论朱陆异同。"在我看来，问题没有那么复杂，鹅湖之会倒像个诗会，几位主角先后吟诗论道，一派风花雪月。

第一首诗，吟自陆九渊（小陆）之兄陆九龄（大陆）。

孩提知爱长知钦，古圣相传只此心。

大抵有基方筑室，未闻无址可成岑。

留情传注翻蓁塞，着意精微转陆沉。

珍重友朋勤切琢，须知至乐在於今。

大陆说的是，小时候知道仁爱，长大后知道恭敬。自古圣贤传的只有一个"心"。有了"心"这个根基才能筑起人生大厦，没有听说凭空忽然成为高山。如果只"留情传注""着意精微"，总是钻在经典里解经注疏，最终会走向心灵阻塞和人生沉沦。要珍惜朋友间的相互切磋，真正的快乐就在今天。

大陆言诗是因吕祖谦所询学问是否进展而发。吕氏作为"鹅湖之辩"的召集人乃不二人选。一方面，他是陆九渊省试的主考官，对小陆有伯乐之举；另一方面，他深得朱子信赖。"以一身而备四气之和，以一心而涵千古之秘"，这是朱子给他的评价。吕氏选择相聚的地点也可看出他的用心缜密。后人李光地曾云："朱子趋朝，必由信江取道。故玉山之讲，鹅湖之会，道脉攸系，迹在此邦。"朱子所居的武夷山，陆氏兄弟所在的金溪，到鹅湖的路程几乎相等，"鹅湖之选，至为自然。"在此之前，他去信朱子，表达陆氏兄弟"亦甚有问道四方之意"。"朱子与他和张栻的信件往来中说道："闻其风旨，断为禅学。"学子们"竞相祖习，恐误后生，恨不识之，不得深扣其说，因献所疑也。然恐其说方行，亦未必肯听此老生常谈，徒窃忧叹而已。"怀着这样的心情在吕祖谦的陪同下，两人编定《四书五经》入门《近思录》后，五月下旬一干福建人马到了鹅湖。

大陆的诗中发挥了孟子"心"的思想。孟子认为人有恻隐之心、善恶之心、辞让之心、是非之心，加以发展就可以成为仁义礼智之善。这种道德本心是天赋的，犹如人有四肢。他还以"孺子入井"人人心里不忍为例明说明。大陆以此批评朱子读书穷理过于麻烦，整天埋头这个字的注疏，那个词的解释，最后造成心灵"蓁塞"，人生沉沦。不过，他的责难还是温和的。诗的最后两句借用孔子"有朋自远方来，不亦乐乎"的意境，试图营造切磋的良好气氛。

朱子听到大陆之诗的第四句，便对吕祖谦说，"子寿（大陆）早以上了子静（小陆）的船了。"论辩之前，大陆对小陆说："伯恭（吕祖谦）约元晦（朱熹）为此集，正为学术异同。某兄弟先自不同，何以望鹅湖之同？"因此，兄弟俩先行统一思想，并进行了模拟操练。他对大陆的第二句"古圣相传只此心""微有未安"不大满意，于是起身和道：

墟墓兴哀宗庙钦，斯人千古不磨心。

涓流积至沧溟水，拳石崇成泰华岑。

易简工夫终久大，支离事业竟浮沉。

欲知自下升高处，真伪先须辨古今。

小陆表达的是：人见墟墓便有悲哀之感，人见宗庙即会起钦敬之心。这是人所共有，千古不磨的本心。涓涓细流终成沧溟大海，拳拳之石能够累成巍巍泰山。易简质朴直达本心之道才是有恒心的大事业，旁求烦琐支离之学只能浮沉不定。要知道从低向高处升达的路径，真真假假只在于当下的辩志明心。

小陆之所以不同意其兄的"古圣相传只此心"，是怕进入朱子传心的理论：既然是古圣相传，那就要读书讲学，"格物穷理"。所以，他用"斯人千古不磨心"代之。千古之心是人生而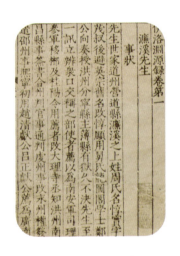有之。不可磨灭，那么成圣成贤无须依赖前圣相传，只要发明本心，自然成就。小陆依据的是"易"的理论，《易传》云："乾知太始，坤作成物""乾以易知，坤以简能"易知易从，是个"简易功夫"，"妇孺皆能""听之而喻"。但他恃才傲物，说话毫不客气，直斥朱子的学说"支离"，只能志向浮沉，而自己"易简工夫"才是永恒的事业。其诗风和口气确实让朱子和后来的我们变色。

朱子的和诗来得较迟。三年后，同在鹅湖所属的铅山县，朱子辞官，"停骖道左之僧斋"等待批准，大陆前来问教。朱子和其鹅湖之诗：

德义风流夙所钦，别离三载更关心。

偶扶藜杖出寒谷，又枉篮舆度远岑。

旧学商量加邃密，新知培养转深沉。

却愁说到无言处，不信人间有古今。

朱子说的是，我一向钦仰你的道德修养和倜傥风度，别离三载更是挂念在心。偶然拄着手杖走出寒冷的山谷，劳你翻山越岭乘轿赶来相会。旧学问相互商量会更加精密，新知识切磋培养才能愈益深沉。讨论到非常精深的地方，精神就同古人贯通了。

最后两句有不同的解释。很多人认为，朱子柔中带刚，显有批评之意。陆学扫书不观，不信古今，只求发明本心，难免陷入歧途。朱子诗中一个"愁"，既是停顿，也是担忧，更是质疑。

鹅湖之会没有留下详细的记载。刘述先教授曰："故今日有关鹅湖之会之详细叙述，仅见之于象山（小陆）语录年谱。"陈来教授也言："从现在所能掌握的材料看，鹅湖会表现出来的分歧集中围绕在'为学功夫'上面，而未能深入导致双方为学分歧的根本理论上。"朱子在鹅湖会前后说过，陆学"脱略文字，直趋根本""其病却是尽废讲学而专务践履，却于践履之中要人提撕省察，悟得本心。"鹅湖会上，小陆还想问难于朱子："尧舜之前何书可读？"但大陆迅速制止了。因为此论一出，与禅宗的"不立文字，直指人心"如出一辙，所以自始至终，朱子都认为陆学将流于佛学。

让人意想不到的是，鹅湖之会两年后，"二陆"的母亲去世。他们俩对丧祭礼仪把握不定，写信向朱子请教。朱子认真答复，不赞成他俩关于附礼的主张，详细阐述了其依据《仪礼注》的看法。经过几番信件来往，"其后子寿（大陆）书来，乃伏其缪，而有它日负荆之语。"此曲折颇有讽刺意味。但也能说明否定读书讲学是陆学尚未成熟的主张，或是论辩情急之下的极端说法，"二陆"至少大陆改变了原来会上的态度。鹅湖之集的过程似乎简单，但给后人留下的思考却是深刻而丰富的。

其一，真理需要论辩。朱子好辩，几乎贯穿一生，除了此次"鹅湖之辩"外，还有与湖南张栻两次"中和"、一次"仁说"之辩，与永康陈亮的"王霸义利"之辩，与长乐林粟和陆氏兄弟的"西铭""太极"之辩等。有人劝他如此无益，且伤和气。朱子却答："尤恨其言之未尽，不足以畅彼此之怀，合同异之趣，而不敢以为悔"朱子以辩为乐，建好武夷书院后，他致函邀请争论十一年的辩友陈亮前来，"承许见故。若得遂从容此山之间，款听奇伟惊人之论，亦平生快事也。他与小陆二次面见后，去信吕祖谦说："子静近日讲论，比旧亦不同，但略有未见合处，幸甚好商量，彼此有益。"朱子以辩穷理。他对鹅湖之辩的态度是"去短集长"，"若去其所短，集其所长，自不害为入德之门也。"束景南先生云："鹅湖之会在当时却一方面使他们各自对对方的思想及其分歧有了进一步的认识；另一方面也促使各人对自己的思想进行自我反省。"朱子把陆氏的"支离"指责作为"警切之诲"，全面重写《四书集解》。在鹅湖之会后第三年完成了平生五经学、四经学著作的第一次全面序定和总结。论辩对陆学也有了很大的帮助。当时的学术思想已形成以朱子为首的东南三贤鼎立的格局。不管辩论结果如何，都扩大了陆学在全国的影响。陆氏从此也改进了他们的极端学术主张。大陆的思想几年后转服了朱子，反对"留情传注"的他，竟然对朱子所解的《中庸》赞叹不已。小陆"虽已转而未曾移身"，仍然坚持自己的思想路线。但历史地看，其学说可以视作朱子思想的一种反动，至少是修正和补充。明代心学的兴起也证明了其合理性。如果说朱子学说代表着中国文化的基本精神，那么陆学所提倡的主张也应是儒学互补而不可缺少的方面。后来人纷纷介入论辩，对朱陆异同仁者说仁，智者说智：有人说是理学和心学之争；有人说是尊德性和道学问之辩；有人说是性即理和心即理之分；有人说是格物与明心之分歧；有人说是客观唯心主义与主观唯心主义之对立……似乎都有道理，细究又不尽然。陈来教授指出："总起来看，朱陆之争的主要分歧，不是本体论的，而是人性论的、伦理学的、方法论的。"论辩肯定还会继续，但它让我们愈来愈接近鹅湖之辩内涵外延的本质，愈来愈接近真理的本身。论辩好，大有益。真理总是在论辩中彰显，真理总是在论辩中发展。试想一下，如果没有论辩，哪来的朱子集理学之大成？没有论辩，哪来的中国文化博大精深，丰富多彩？有位名人说过，一个国家的稳定和发展取决于两个因素：一是中产阶级的多寡；一是学术自由程度。无怪乎那么多人向往生产力极其低下且社会动荡，但学术却能百家争鸣的春秋战国。

其二，论辩需要胸怀。朱子鹅湖之会后，返回武夷山，途径闽赣交界的大关分水岭，看见前人赵钟缜所题之诗有感而发：

水流无彼此，地势有西东。

若识分时异，方知合处同。

朱子自解其诗："知其同，不妨其为异；知其异，不害其为同。尝有一人题分水岭，谓水不曾分。某和其得。"

鹅湖是朱陆思想交锋的首次，也是他们来往的开始。朱子当然希望如同吕祖谦所愿"会归于一"，但也允许求同存异。大陆辞世，小陆请吕祖谦作铭文，同时延请朱子为之书。朱子知浙东时，修复了白鹿洞书院，邀请陆九渊前来讲课。自己坐在台下听讲。小陆口才果然了得，让座中听众涕泪四下。朱子听完"君子喻于义，小人喻于利"一章后，离席曰："熹当与诸生共守，以无忘陆先生之训。"并谈及"熹在此不曾说到这里，负愧所言。"朱子打破小陆的惯例，要求他将讲义写出，刻在石上以传久远。陆门弟子改授自己门下，议论起前师之非，朱子总是加以劝阻。《朱子语类》讲起刘淳叟，"某向往奏事时来相见，极口说陆子静（陆九渊）之学大谬。某因诘子云：'若子静学术自当付之公论，公如何得如此说他。'"朱陆鹅湖分别后，交往更多是通信。陈荣捷教授考证，从1175至1192年陆九渊殁，十七年间，两人几乎无年无之，或且一年数封。总计四十余通，"每人函二十一通，数适相等，不亦奇乎？"他得出一个结论："贤者与学术不肯苟同，但私人感情，绝不以直言指责而丝毫减消。前虽云无望必同，然讲求态度，并不消弱。"即使后期两人关系比较紧张，但正常交往并未中断。陆九渊去世时，朱子率门人前往寺庙哭吊。陈来教授云："在正视自己的短处和客观评价他人方面，朱熹往往胜于陆九渊。"大情怀才有大格局。一位思想家的高度和深度与之胸怀呈现正比关系。有意思的是，刘述先教授在其著作中讲完"朱陆异同的一重公案：宋代儒学内部的分疏问题之省察"后，立即分析"道统分疏与朱子在中国思想上地位之衡定"。他指出："就现实历史发展内线索看，道统之立，无疑是出于朱子的倡导，功劳也最大。朱子也以担承道统自命，不作第二人想。事实上也只有他肯下死功夫作四书集注，广吸门徒，遍说群经，法乳流传，广被四海。至元仁宗皇庆二年，诏行科举，采用朱学。明清修元之旧，一直到清廷颠覆，民国肇始废止科举为止，五六百年间，朱学居于正统地位，影响之大，无与伦比。"

其三，参与需要客观，鹅湖之会后，朱陆仍进行了"尊德性与道问学""无极与太极"的论辩。只不过参与的主角更多是双方门生，"而南康以后朱熹与陆学的关系则与陆氏门人交织在一起"。陆学门人曹立之对老师不满，决计从事朱子的"穷理之学"。朱子在为其所作的"墓表"中"据实直书"这一转变过程，引起陆门的不满。陆学门下的项平甫似有调和之意，两边去书，反而引发了朱陆更多的"讥戏之辞"。陆门建昌弟子傅子渊、包显道问上门来，"说得动地，撑眉努眼""不讲学涵养，直做得如此狂妄"，甚至"从头骂去，如人醉酒发狂，当街打人，不可劝救"，然小陆不以为劝，反为门下打抱不平。无极之辩就是在这样的气氛中意气进行。所以朱子在论无极第二书中表示，"则我日斯迈，而日月斯征，各尊所闻，各行所知亦可矣，无复可望于必同。"至此，朱陆论辩遗憾地告结。后来介入朱陆之辩的专家学者也可视为参与者，按现在流行的话叫作"吃瓜群众"。本来吃瓜最好要懂瓜，即使不懂也应客观冷静。但历史事实并非如此。与钱穆、陈恒、陈宣恪并称"现代中国四大史学家"的吕思勉先生认为，吕祖谦较粗，"在宋代学派中，不成割据之局"，张栻之学又"与朱子大同，并不能独树一帜""其与朱学对峙，如晋楚之争霸中原者，则象山（陆九渊）而已"。把两人的学术之争看作是为了问鼎儒学中原欲当霸主，这是很难让人接受的，有如以己之心度君子之腹。倒是刘述先教授在叙述与朱子格格不入的阳明时十分客观："事实上阳明是在朱学熏陶下翻出来的一条思路，所以提出问题的方式像朱子，而在精神上则接上象山（陆九渊）。"而王阳明在论朱陆异同时说："凡论古人得失，决不可意度悬断之。"阳明"显然不落两边，直返中庸原义""阳明把朱陆都看作圣人之徒，而表现出不同的面相，不可依耳食之辞，胸臆之见而排斥之"。

云 谷 的 云

朱子喜爱云谷到了偏执地步,一夜想起,无法成寐。次日一早八十里水陆兼程,从武夷山的五夫一路赶来,直到深更半夜攀上云谷,一住便是十日。他破天荒地为云谷写下了2000余字的长文,又为云谷作诗近50首。如此,他还不尽兴,索性自号"云谷老人"。

朱子的云谷诗无非两类:一是写景,一是写人。

应景朱子笔下的对象很多:云谷、南涧、瀑布、云关、莲沼、杉迳、云花、泉峡、石池、山楹、药圃、井泉、西寮、晦庵、草庐、云社、桃蹊、竹坞、漆园、茶坂、绝顶、北涧、中溪、休庵等。朱子按入山的顺序逐一吟咏,各景情状在《云谷记》中逐一详细说明。朱子设想,"姑记其山水之胜如此并为之诗,将使画者图之。"假如能按其言,这将是一本图文并茂的绝佳云谷"游览攻略"。一日,我们一干朱子研究会的同仁,在祝熹先生的指点下,沿着朱子入山路线,遍览诸个景点,上下五个小时。

写景的云谷诗中,云成了朱子最为钟爱的意象,提起不下十次。"云谷二十六咏"开篇即言"云谷":"寒云无四时,散漫此山谷";此处设"云

关"："白云去复还，黄尘到难入"；内置"云庄"："小丘横翠几，层峦复嵯峨"；并立"云社"："自作山中人，即与云为友。"在这个世界里，"白云障幽户""风起云气昏""山楹一怅望，恨此云迷谷。"朱子解释道："虽当晴昼，白云坌入，则咫尺不可辨；眩乎变化，则又廓然莫知其所如往。"云自何来？

　　山高泽气通，石窦飞灵液。

　　默料谷中云，多应从此出。

后人评论朱子云谷诗："山间为雨为云为风，一遇先生摹写，无不有一段奇妙。所谓人之所游，以观其见，我之所游，以观其变。"朱子诗的体裁以"古风"为主，风格"寂寥知章，闲暇萧散，有魏晋风韵。"这与朱子的诗艺高超分不开，更与他的思想有关。也就在上上下下云谷的过程中，他对张载的"西铭"有了新的感悟。《西铭》全文仅253字，朱子用了更长的篇幅进行注释和阐述，着重说明"天人一体""理一分殊"的道理。他的诠述可用四句话概括："乾父坤母，民胞物与，天下　家，中国一人"。整个自然界和社会就是一个大家庭。"天便脱模是一个大底人，人便是一个小底天"。朱子在另外著作中，对"仁"的内涵作了说明。虽然孔子的学说，仁学占了一半；孟子学说，大半是仁学。但他们谈仁，都是"指示"语，而非定义。只有朱子给仁作了内在的质的规定性：仁是天地生物之心；仁是心之德爱之理。爱是仁民爱物，生是生物活民，仁是生生之心，爱人之理。这样，人伦道德与天道便统一起来了。"天地之塞吾其体，天地之帅吾其性。"用这一理论观看云谷万物，无不为朋为友；一草一木，无不万般灵动，妙趣横生。

朱子云谷诗中所写的人物，涉及面很宽：既有虚拟的竹君云友，又有实指的具体人物；既有理学同道，又有羽流释子；既有故去的先贤，又有近亲的相知。诗里诗外，无不洋溢着朱子待人之真，交友之诚。

有两首诗直接写朱子与农民的交往。《劳农》用了《论语》中子路寻找孔子问讯老农的典故。朱子曾注释过此典，说老农回答子路："五谷不分，犹言不辨菽麦尔，责其不事农业而从师远游也。"诗里，他深深感谢老农，明白植杖翁老农之长和自己之短。《谢客》一诗，则曰：

> 野人载酒来，农谈日西夕。
>
> 此意良已勤，感叹情何极。
>
> 归去莫频来，林深山路黑。

诗中叙述朱子隐居云谷，时有老农造访，送酒送物，晤谈终日还不愿离去。朱子不忍林深路黑，老人行走不便，一再嘱咐不必经常前来。没有更多的描写，寥寥几句，朱子与当地百姓的深情厚谊便跃然纸上。

朱子喜爱云谷，居住云谷，全赖亦生亦友的蔡元定（字季通）。蔡氏自幼聪慧，八岁能诗，且晓理学。人称"于书无所不读，于事无所不究，义理洞见大原。下至图书、礼乐、制度，无不精妙。古书奇辞奥义，人所不能晓者，一过目辄解。"季通终身不仕，帮助朱子著述立说。云谷"晦庵"草堂营建也是他的帮助。朱子《云谷记》中说，"独友人蔡季通家山北二十余里，得数往其间，自始营茸，迄今有成，皆其力也。"朱子曾用诙谐的手法赋诗三首，讲述"晦庵"的建设过程：

> 云关须早筑，基址要坚牢。
>
> 栽竹行教密，穿池岸欲高。
>
> 乘春移菡萏，带雪觅萧椮。
>
> 更向关门外，疏泉斩乱蒿。

这是草屋创建伊始的叮嘱：

> 堂成今六载，上雨复旁风。
>
> 逐急添茅盖，连忙毕土功。
>
> 桂林何日秀，兰迳几时通？
>
> 并筑双台子，东山接水筒。

"晦庵"简陋如此，连安贫乐道的朱子都急了：

庄舍宜先立，山楹却渐营。

泉疏药圃润，堰起石池清。

早印荒田契，仍标别户名。

想应频检校，祇恐欠方兄。

朱子交代可谓仔细，末了才反省：季通何尝不知，只是欠缺银两啊！

很多人认为朱子喜爱云谷，是想隐没深山，过上闲云野鹤的日子。"云谷"诗后两句，"幸乏霖雨姿，何妨媚幽独？"被释为："谷中之云不能为雨润泽天下，不妨留谷中慰藉幽独之人。""因借谷中之云，以自写其无心出岫之意也。"实际上，人们曲解了朱子心思和云谷诗中真正的含义。云谷诗"讲道"中说："高居远尘杂，崇论探杳冥。矗矗玄运驶，林林群动争。天道固如此，吾生安得宁？"天行健，君子当自强不息。云谷诗"晦庵"中说："忆昔屏山翁，示我一言教。自信久未能，岩栖冀微效。"朱子想起成年礼时，老师刘子翚为其取字"元晦"。他反思自己，努力很久了还未达到先生的要求，希望居住"晦庵"的日子里，能践行先生的教诲，获得道德和研究上的进步。朱子带着刚刚与吕祖谦编著了中国第一部哲学选集——"近思录"的喜悦，带着对"鹅湖之会"中陆氏兄弟批评的理性思考，开始了生平学问的第一次总结。"晦庵草堂"与蔡元定所在西山读书处正好遥遥相对。季康先生在书斋中专设一个"疑难堂"。两人约定夜间悬灯为号，灯明表示研究问题顺利；灯暗表示遇到疑难，需要探讨思辨。第二天，蔡元定就登云谷拜见朱子。两人坐而论道，不舍昼夜。云谷期间，朱子以"尊德性"为本，在"道问学"上由博返约，由杂入精，对自己的学问，主要是经学进行一番整理提升。朱子的"四书集解"自此向《四书集注》的经学体系过渡。他遍注群经，总结创新形成了自己富有特色的经学思想：第一，以"四书"为"六经"之基础，阐发义理为最高目标；第二，经传相分，直求经文之本义；第三，重训诂辩伪，以通经求理。朱子纠正了汉学只讲传注而不重经义的流弊；同时又矫正了宋学只讲义理脱离经文本义的错误。成功地应对了儒学理论转型的挑战。他直承孔孟又发展了孔孟经典。他不是"两个凡是"般"照着说",而是创造性"接着说",不是"我注六经"而是"六经注我",与时俱进地回答了"时代之问",将"旧儒学"转变为"新儒学"。云谷著述,可以说构建起了巍峨理学圣殿的"四梁八柱"。

世间本来没有云谷,方志记载那方水土原为"芦峰",当地百姓则称为"龙角"。朱子登临后将其改为"云谷"。朱子曾寄望他年逍遥于此。"然予常自念,自今以往,十年之外嫁娶亦当粗毕,即断家事,灭景此山,是时山之林薄当益深茂,水石当益幽胜,馆宇当益完美,耕山钓水,养性读书,弹琴鼓缶,以咏先王之风,亦足以乐而忘死矣。"十年之后以至更久,朱子为何没有定居于云谷?是因为足疾不能,还是悲痛于季通客死流放之地,抑或"庆元党禁"所禁?不得而知。似乎可以作为不大不小课题加以考证。不过直到晚年朱子仍以"云"自许。其诗云:

独鹤高飞不逐郡,嵇康琴酒鲍照文。

此身不知栖归处,天下人间一片云。

诗名"无题",人们却把它看作朱子一生的自我写真。朱子离开八百年后的今天,一座新城在云谷山的南面崛起,朱子的愿景越来越清晰地呈现在世人面前。我总有个感觉,在高楼的转弯之处,在公园花团锦簇里,定会邂逅那位诗意盎然、温润如玉的"云谷老人"。

镜开照心

朱子喜欢对镜写真，自己给自己画像。有时乐极为之，有时严肃而作，文字记载就有三次。把玩镜子的举动也反映到诗里：

> 宝鉴当年照胆寒，向来埋没太无端。
>
> 祇今垢尽明全见，还得当年宝鉴看。

宝镜明亮照得胆中生寒，无奈一直以来埋没蒙尘。如今拭去污垢又能照尽一切了，要照尽一切还得当年光亮如初的宝镜。

诗读起来似乎很为平常，个中却饱含深意。朱子镜开照心，借镜说理：人心本明，人性本善。由于被各种欲望蒙蔽了，犹如镜子沾染了尘垢，埋没了本真。只要像擦拭镜子那样克服人欲私心，人心就能重现天性，镜子可以重放光明。

如同镜诗取名《克己》一样，朱子在最后一次的自画像上题跋表达心声："从容乎礼法之场，沉潜乎仁义之府，是予盖将有意焉，而力莫能舆也。佩先师之格言，奉前烈之遗矩，惟闇然而日修，或庶几乎斯语。"朱子把镜吟诗，是以镜为喻，彰显其心性论的思想。自画像和诗的背后是"克己复礼""存天理灭人欲"的深刻命题。朱子说过："己私既克，天理自复。譬如尘垢既去，则镜自明。"

人们常常习惯说朱子是"理"学，陆九渊和王阳明为"心"学。钱穆先生不赞成这样划分："此一区别，实亦不甚恰当。理学中善言心者莫过于朱子。"他于心的理论花的精力最多，取得的成就也最大，与陆、王"心"学本质上是一致的。朱子不仅继承了孟子的"心是仁义礼智发端"、张载的"心统性情"之说，又联系到儒家道统之"心经"。同时，他把心性与理、气、未发已发的动静、无极太极、形上形下、道器、体用等等，几乎前贤们所有的人性人心的概念范畴，围绕"理"这一核心作了思辨性、圆融性的解释和阐述，建立了"致广大、尽精微、综罗百代"的心性理论体系。这一学说的最后落脚点就是"存天理，灭人欲"，无论从哪个概念展开，其逻辑结果不外如此。就拿道心人心来说吧：道心为善，人心善恶相杂，"其觉于理者，道心也。其觉于欲者，人心也。""故当使人心每听道心之区处方可，然此道心却杂出于人心之间，微而难见。"钱穆先生解释道："若不见道理，因于形骸之隔而物我判为二，则易于自私，易于陷溺入人欲中"，所以为危为险。怎么办呢？只有"存天理灭人欲"。正心，治心，变人心为道心，方能成为圣人、君子。钱穆先生认为朱子的"人心道心，与天理人欲几乎是异名而同指"。"朱子的'存天理灭人欲'的命题，打通了本体论、认识论和方法论，上通宇宙，下达伦常。""孔子所谓的'克己复礼'；《中庸》所谓'致中和、尊德性、道问学'；《大学》所谓'明明德'；《书》曰'人心惟危，道心惟微，惟精惟一，允执厥中'；圣贤千言万语，只是教人存天理、灭人欲。"

照镜问心的确富有哲理。小时候读《拉封丹寓言》其中"褡裢"篇给我留下深刻印象。作者通过多种动物自以为是的言论证明："好比万能的造物主给我们每人做了个装东西的褡裢。古往今来，人们总是习惯把自己的缺点藏在褡裢后面的口袋里，而把前面的口袋留着装别人的缺点。"照镜子就是形象说明人要有自知之明，要把缺点摆到"前面的口袋"。时时

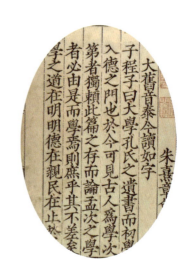

正视时时改正。北大教授韩毓海先生说过："通过照镜子，你会产生一点对自己的不满。这个不满就是改造自我世界的第一个动力。"朱子"镜诗"讲得更为彻底，心和古镜一样，要时常擦拭，从而映照自我的不足，然后按照圣贤的言行匡正自己。一句话，时时刻刻都要"存天理、灭人欲"。

"存天理、灭人欲"的论述，对朱子产生了巨大负面影响。许多关于朱子的诟病污名化似乎都源于此。清代思想家戴震，在《孟子字义疏证》中直斥朱子"分理欲为二，绝人情，灭人欲，是以理杀人。"从谭嗣同、邹容、宋恕；从陈独秀、吴虞、胡适；从鲁迅、巴金、曹禺；无一例外，都猛烈抨击这一学说。我不想就封建礼教给积贫积弱旧中国人们心灵的戕害进行辩解，只想厘清朱子"存天理、灭人欲"命题的初心本意，还其理论的真实面目。

仿佛知道这一命题必然会引起人们的误解，朱子阐述时用了人们日常浅显事例说明。他说："饮食者，天理也；要求美味，人欲也。""欲富贵而恶贫贱，人之常情，君子小人未尝不同。""如夏葛冬裘，汤饮饥食，此理所当然。"朱子肯定了人类物质生活的基本需求是天理，如果超过了一定限度，或者说不计条件追求"不当如此者"才是人欲，朱子并没有把人欲和天理截然二分，相反，他认为每个人都是天理人欲的矛盾统一体，"人只有个天理人欲，此胜则彼退，彼胜则此退，无中立不进退之理"。

还有三点值得分析时参考：第一，文言文中的"灭"并不全作"消灭"解，而是"遏制""减少"之意。第二，在天理人欲发生根本冲突之时，理所当然应作出选择，不能放任人欲横流，道德沦丧而危害天理。且这一要求主要针对统治者和有志于圣人君子的人，有如于今日的领导干部廉洁自律。第三，朱子这一主张还是针对南宋社会危机的现实。他希望主政者"正君心""为大本"，不要苟且偷安，"直把杭州作汴州"；他希望武官不怕死，文官不贪财，"识个廉退之节"，保持民族的尊严和自我气节；他希望全社会都能仁义礼智信，忠孝廉节悌，奋起抗金，实现民族中兴。

克己工夫很难，所以朱子才说对镜"胆寒"。其残酷不亚于战争。朱子说："克己复礼，如拨乱反正。""克己别无巧法，如孤军猝遇强敌，只得尽力舍死向前。"他比较孔子弟子颜回与仲弓的克己表现时说："仲弓如把截江淮，颜渊如欲服中原。仲弓是防贼工夫，颜渊是杀贼工夫。颜子如将百万之兵，操纵在我，拱揖指挥如意。仲弓且守本分。"钱穆先生谈及"朱子论克己"中指出："朱子实亦有意为儒学创出一新局面，亦要人天旋地转雷动风行般去做。"那么。朱子是如何做的呢？且看三件小事：

其一

葱汤麦饭两相宜，葱补丹田麦疗饥。

莫道此中滋味薄，前村还有未炊时。

朱子未告而来，女儿无备只得葱汤麦饭相待。夫子食之甚安，饭毕见女儿不安，乃以诗相慰。生活之道，朱子与孔子颇为不同：孔子"食不厌精，脍不厌细"，朱子则艰苦到经常告贷，即使知南康军和提举浙东茶盐公事，已是相当级别官员了，仍然"家故贫……箪瓢屡空，晏如也"，"其自奉则衣取蔽体，食取以腹，居止取足以障风雨，人不能堪，而处之裕如也。"以致"庆元党禁"捏造的朱子罪名都无法说其不廉，只好参他让母亲食"糙米"。朱子的生活取向与颜回有一比："贤者回也。一箪食，一瓢饮，在陋巷，人不堪其忧，回也不改其乐。贤哉，回也。"乐想到百姓，苦更能想到百姓。别说葱汤麦饭寒酸，邻村还有更困难的穷人升不起炊烟呢。

其二

度量无私本至公，寸心贪得意何穷？

若教老子庄周见，剖斗除衡付一空。

这首《题米仓壁》诗是朱子在同安任上为粮库管理者所写，现在出现在重修的"五夫社仓"墙上。朱子居五夫期间，创立了以实物形式为主的社会保障制度。其管理方式

也富有创先。社仓不是保正社首官员的行政管理，而是依靠回乡的乡宦、士人民主管理，制约的是自律的天理良心。诗中，朱子奉劝管理人员要像度量衡那样大公无私，并引用老庄的哲学教育大家，自觉维护公道抛弃私欲。

其三

适闻崇安宰丞同到精舍，云被使檄有所营造，不知果然否？此是私家斋舍，不当恩烦官司……官司为之，于义既不可，于事亦不便，盖其一则必有骚扰。其二则不能如法，万一为之，自此熹更不敢入精舍矣。闻之犹恐，急作此附递拜恳，乞且下罢役。

这是朱子给时任福建巡抚赵汝愚的信。言及县令来我这里说省上有令让他帮助营造武夷书院。朱子言辞恳切劝阻赵巡抚，此是私家建筑，断不可麻烦官府出钱出力。这于义于法于事都不可。如果执意如此，我今后都不敢走进书院了。我请求你撤销命令。本来，朱子兴办书院就是公益事业。朱子知南康军离任时，将户头所剩几十万银钱，尽数拨付白鹿洞书院重建。但对自己创建的书院，却分文不要公家资助，开启了师生勤工办学的先河。他要表明公私应当分明。

我们不需要宏大叙事说明朱子一生怎样克己复礼，也无须证明历史上他的政敌和别有用心之人污名朱子的子虚乌有（实际上束景南等专家就朱子被攻击的种种说法都做了严谨的考证，凡不持偏见的读者自会得出公正的结论）。朱子一生都以圣贤的思想武装自己，对镜、拭镜、让其与日月争光，直照自己成圣成贤的道路，决不南辕北辙，误走歧途，把他乡作为故乡。有其镜诗为证：

古镜重磨要古方，眼明偏与日争光。

明明直照吾家路，莫指并州作故乡。

绝艳梅花

　　梅花属于江南，梅花诗词却盛开在宋朝。

　　此前梅花，"北人初未识，浑作杏花看。"也只有南朝的陆凯与范晔相善，自江南折寄梅花一枝的诗，产生较大的影响。到了宋代，梅花才真正灿烂起来。人们对其描写不仅仅注重形态、气味和色彩，而是赋予她更多的人文光辉：王安石的"遥知不是雪，为有暗香来"；陆游的"雪虐风饕愈凛然，花中气节最高坚"；李清照的"一枝折得，人间天上，没个人堪寄"；卢梅坡的"梅须逊雪三分白，雪却输梅一段香"……有宋一朝，梅花诗词多达一千余首。有人说，若要选择一种最能体现宋人文化精神和审美趋向的草木，那一定非梅花不可。

　　然而，梅文化的兴盛却离不开闽北文士的努力，仅举几则梅事为证。

　　其一，林逋可谓书写梅诗的顶尖高手。辛弃疾称赞其"疏影横斜，暗香浮动，把断春消息。"可是，谁能想到和靖的名句竟然出自潭城的江为。原诗为"竹影横斜水清浅，桂香浮动月黄昏。"和靖先生虽然点"竹"为梅，化"桂"为暗，但此句的知识产权当归建阳人氏。

　　其二，曾为建阳县令的刘克庄，写了一首《落梅》。诗曰："东风谬掌花权柄，却忌孤高不主张。"言官指控诗人"诽谤当国"，因而落职被黜。刘克庄自叹："虽然不识桃与柳，却被梅花误十年。"复出后，"梅"兴大发，写了上百首的梅花诗。

其三，爱国诗人谢枋得有首《武夷山中》："十年无梦得还家，独立青峰野水涯。天地寂寥山雨歇，几生修得到梅花？"南宋故国已亡，反抗早已销声匿迹，但诗人仍用武夷山梅花勉励自己，要保持高尚的节操。最后他被金兵胁迫到燕京，绝食而亡。

闽北咏梅文士中，最不应该，也最被人遗忘的大家，还有一位就是朱熹。朱子给我们留下了38首梅花诗，两首梅花词。有人统计，在他的诗作中，"梅"的意象出现过66次。知南康军任上，他和同事之作，一气竟写下十首梅花诗，分别为"岭梅""野梅""早梅""寒梅""小梅""疏梅""枯梅"和"赋梅"。朱子的梅趣也许受其父的影响，韦斋有梅诗《饮梅花下赠岁客》：

忆挽梅花与君别，终年梦挂南台月。

天涯溪上一尊酒，依旧风厄舞香雪。

梅花难咏。李清照曾说："世人作梅词，下笔便俗。予试作一篇，乃知前言不妄耳。"朱子也说，梅花若为赋，"绕树百千回，句在无言处。"他认为梅花诗的高下，当在"风格清新，意寄深远"。也就是托物言志，借梅道情；且能清空入妙，使事传神。那么，朱子笔下的梅花寄托何许蕴藉？

以梅论高洁。有人评论朱子咏梅："以人观梅，以梅喻人，由花及己，由己及心。'高洁'两字，凸现行墨之间。"在中国梅文化那里，梅为"四君子"之首，四德兼具，乃"雪中高士"。朱子先后三度隔空唱和苏轼《十一月二十六日松风亭下梅花盛开》之诗。诗里赞扬梅花为"玉树""冰质";开得"云艳""雪艳"和"绝艳";"羞同桃李媚春光""冷光自照眼色界";"敢与葵花争向阳,归来只当竹相伴""心有浩气,不去凡尘"。苏东坡这首诗写于当年一贬再贬的惠州。此诗人称"韵险而语工,非大手笔不能到。"而朱子却一而再、再而三和之,说明朱子的偏爱。苏东坡在诗里把梅花的高洁拟人化为仙女:"海南仙云娇堕砌,月下缟衣来扣门。"朱子打心底里认同。他在另一首《梅》诗中,也把梅花称为仙子:

> 姑射仙人冰雪容,尘心已共彩云空。
>
> 年年一笑相逢处,长在愁烟苦雾中。

朱子所誉的仙子,乃庄子《逍遥游》里的仙姑。在那遥远的姑射之山,有位冰雪一样的肌肤、少女一样绰约的好姑娘。她餐风饮露,不食五谷,已无尘俗之心。梅花绽放,仙女一笑,年年一相逢,便胜却人间无数。后人考证朱子此诗应为"庆元党禁"冤案而发。既是咏叹梅花的高洁,又是通过梅花明志。想想在他人生的非常时期,作为一个"不作阳台梦"的道学家,把梅花比作一年一度都要邂逅的仙女。这是何等的难能可贵。

以梅道友情。朱子深谙梅花的友谊寓意,每每一见梅花便想起朋友不能自己。《枯梅》中说:"千里故人心,今年为谁折?"诗后还附言:"予居家时,刘平甫每折枝为赠。"唱和袁枢的《水调歌头》词中言:"寻梅去、疏竹外,一枝横。与君吟弄风月,端不负平生。"《复元范寄梅花》则表:"感君寄我江南信,一夜清香染客衣。"朱子与张栻的梅花情谊更是让人感叹不已。《忆秦娥·雪、梅二阕怀张敬夫》《其二》云:

> 梅花发,寒梢挂著瑶台月。瑶台月,和羹心事,履霜时节。
>
> 野桥流水声鸣咽,行人立马空愁绝。空愁绝,为谁凝伫,为谁攀折?

这是朱子湖湘归来后思念张栻所作。一阕写雪,一阕写梅。梅雪相映,难分难舍。词中的"和羹"原指配以不同的调味做成的羹汤。"尚书说命下"曾言:"若作合羹,尔惟盐梅。"盐多则咸,梅多则酸,盐梅适当,才成和羹。后来以此比喻和心合力辅佐君主。朱子梅花词表露出,在这履霜时节，他们像坚贞的梅花一样，仍然坚定地想着丹心报国。可是政治黑暗，梅冷山谷。"为谁凝伫，为谁攀折？"后人评论："今读此两阕，气浑神闲，声情满纸。"与词人晏殊、秦观相比"当莫辩其工拙"。朱子、张栻和吕祖谦当时被世人称为"东南三贤"。他们志同道合：政治上共主抗金，学术上共倡儒家道统，生活上共济时艰，梅花当然也成了他们共同的精神寄托。我未翻检出吕祖谦的梅花诗词，只知他的老家浙江金华新辟的一处景点——"梅花晚渡"，以他的诗作为形象代理。不过1174年他和朱子在建阳"寒泉精舍"共编《近思录》，肯定是在梅花树下，要不书中怎么专辟一章谈论"圣贤气象"？而朱子与张栻在长沙讲学论道编定《二程先生文集》，肯定离不开城南二十景之一的那道"梅堤"，要不事后双方唱酬中总有梅香可闻？

以梅说自己。朱子以梅自许，心事总付寒梅。梅花生长环境并不好，像东坡先生所述"松亭下荆棘里"；像韦斋先生所述"风敛天香瘴烟里"，像朱子自己所言"长在愁烟苦雾中。"风刀霜剑，有如朱子人生际遇。他的一生总是受苦受难受屈，总是被人误解、误读、误判。他给友人墨梅画题跋：

> 梦里清江醉墨香，蕊寒枝瘦凛冰霜。
>
> 如今白黑浑休问，且作人间时世装。

这首诗是传统墨梅诗的翻新。诗言墨梅散发的幽香确实令人陶醉，但其瘦削嶙峋的枝条含苞待放的花蕊却凌风傲雪，冷若冰霜。如今的世道，黑白颠倒，是非不分，还问什么梅花高洁呢？倒不如乔装打扮，去讨世俗人们的喜欢。朱子话里有话，针对当时黑暗社会现实进行深刻的揭露与辛辣的嘲讽。很多人把朱子的后两句诗理解为他的消极退却，实际不然，朱子一生都是"纵有疾风起，人生不言弃。"最能代表他的梅花人格的莫过于那首《念奴娇·用傅安道和朱希真梅词韵》：

> 临风一笑，问群芳谁是，真香纯白。独立无朋，算只有、姑射山头仙客。绝艳谁怜，真心自保，邈与尘缘隔。天然殊胜，不关风露冰雪。
>
> 应笑俗李粗桃，无言翻引得，狂蜂轻蝶。争似黄昏闲弄影，清浅

一溪霜月。画角吹残，瑶台梦断，直下成休歇。绿阴青子，莫教容易披折。

朱子此词写于浙东救灾归来。1182年，朱子以提举两浙东路常平茶盐公事的身份，前往赈灾救民。其间六劾台州污吏唐仲友。虽然扳倒了对方，虽然救灾成绩斐然，却因为得罪唐的姻亲当朝宰相，最后落得个请祠返武夷山的下场。这是朱子从政生涯中一次重大挫折，以致对他生前身后的名声造成极负面的影响。词中，朱子以拟人手法，借梅言志：就像梅花在寒风莞尔一笑，群芳中谁是"真香纯白"？人世间的是非曲直顿时立判。只有清高孤傲梅花仙子才是我的知音。不管风霜雨雪有多残酷，都要保持坚贞不俗之心，因为这是冰清玉洁梅花的天然本性。粗俗的桃李引得蜂蝶的轻狂，让人庸俗可笑。怎似黄昏时，梅花面对溪水，悠闲弄影玩月。画角声起了，天色要亮了，仙人要醒了，梅花要谢了。但梅花结出的青梅，是不会轻易地被摧折的。

朱子心中时时有梅，不，他本身就是南宋横空出世的一枝凌霜傲雪的绝艳梅花。

九曲棹歌

朱子溪边曰:

武夷山上有仙灵,山下寒流曲曲清。

欲识个中奇绝处,棹歌闲听两三声。

……

九曲将穷眼豁然,桑麻雨露见平川。

渔郎更觅桃源路,除是人间别有天。

1184年,朱子与朋友门生,逆流而上泛游九曲。闲听棹歌,模范山水:一曲幔亭招宴;二曲玉女婷婷;三曲驾壑船棺;四曲鸡鸣深潭;五曲欸乃声声;六曲春意闲闲;七曲回看隐屏;八曲风烟势开;九曲桑麻雨露。朱子告知,九曲尽头俨然世外桃源,舍此再寻桃源道路,除非人间之外别有天地了。

"九曲清流绕武夷,棹歌首唱自朱熹。"甫一传开,和者如云,最早当为时任建宁知府也是南宋词人韩元吉,并为朱子认可抄录寄予朋友。历经明清直至当代尚有远和其韵者。清朝董天工所编的《武夷山志》次韵朱子的诗人就有辛弃疾、袁枢等名诗人十一位,弟子同道乃至名相巨公也都提笔唱酬。至于漏计的尚有不少。特别是袭用《武夷棹歌》原韵,而模拟原诗体列特征的仿作,其数量绝不亚于赓和之诗。束景南先生曾说:"尽管后世墨客骚人的武夷吟唱盈千累万,却不能不推朱熹的《武夷棹歌》为妙冠千古的绝唱。"九曲溪流因为朱子吟唱，成了武夷山和朱子理学的指代和标识，数百年后诗人余光中来到这里，题写了"千古灵山，九曲活水"以志纪念。

武夷山有次接待辽宁省政协一位副主席。一下飞机，他便高声朗诵《武夷棹歌》全诗。吟诵完毕，他用一句"初中时就能背这首诗了"，回答了我的诧异。更让我不可思议的是，朱子棹歌在海外产生巨大的回响。韩国李退溪建立了朝鲜化的朱子学，并逐渐演变成为朝鲜正统的官方思想，而笼罩朝鲜社会生活数百年。其学说的建立与《武夷棹歌》不无关系。李退溪并未来过武夷山，但他熟读《武夷志》，梦游武夷，写下了《游九曲棹歌韵》十首，并在自己的故乡设立了"陶山九曲"。一时间，以九曲诗、图、园林为主的九曲文化滥觞于韩国。九曲之名遍布，有高山九曲、武屹九曲、华阳九曲、仙游九曲、兴云九曲等。福建省社科院研究员黎昕指出："退溪的《武夷棹歌》

和韵不仅形成韩国诗歌史的传统脉络，而且退溪学派的人往往把陶山九曲看成是想象武夷和学习朱子的体验空间。"武夷学院有位教授则说："一部诗歌文本，能够在文学、绘画、园林等诸多方面产生深远影响，在异域形成文化，且维系500余年之久，在中外文学史上实属罕见。"

不是所有的反响都是欢愉和正面的。在给朱子带来盛誉的同时，也让他蒙受了飞来之冤。1196年监察御史沈继祖向朝廷上奏朱子"六大罪状"，其中就拿《武夷棹歌》中一句做文章，"熹虽怀卵翼之私恩，盖顾朝廷之大义？而乃犹为死党，不畏人言。又和其徒建阳知县储用之诗有'除是人间别有天'之句，人间岂容别有天耶？其言意何止怨望而已？熹之大罪五也。"

奏折中引用的那句诗，正是《武夷棹歌》的末句，是诗人所作的精彩设问，使得诗句更有虚实相生的艺术效果，谁知经沈氏一番曲解竟成了大逆不道的谤讪，这桩"文字狱"也可以看出"庆元党禁"一案的荒唐。

不过关于《武夷棹歌》争议最多的还是，究竟此诗是道学的义理诗，还是"因物起兴"的山水诗？

最早定义《武夷棹歌》为义理诗的是朱子三传弟子，南宋理学家陈普。随后刘孟纯也给此诗作注，说"莫非道之所寓"。清人赵翼用二十年的时间将陈普之注进行更为周详的解释。他们都认为，"朱子文九曲，纯是一条进道次序，其立意故不苟，不但为武夷山水也。"他们逐首分析"入道次第"。第一首是序诗；第二首揭示了寻道之路的艰难；第三首告诫"学道由远色而入"；第四首表示舍身求道，要不计"荣辱得失，血肉之躯，利誉之心；第五首指出悟后又大疑，可从自然中寻求安慰；第六首"此曲入深，身及其地，独见自得，识得万古圣贤心事"；第七首诉说寻理路程曲折；第八首告诉寻理的过程要从不同角度甚至往回追寻；第九首表明寻理道路不花大力气是到不了的；第十首终于到了寻理终点，"豁然贯通，无所障碍，日用沛然，万事皆理"。朱子此诗写于"武夷精舍"办学著述期间，有如《礼记》所述，"君子之于学也，藏焉修焉息焉游焉。"朱子在武夷山办学不仅局限校园内，而应包括以《武夷精舍》为活动中心的藏修空间和武夷九曲在内的游息空间。

反对的声音也十分激烈有力。有人从不同版本说明陈普之辈的解读不靠谱。主要争议在五曲和九曲上。五曲中的最后一句"欸乃声中万古心"被哲理诗派认为明确标识理学的内涵，是朱子在全诗的中心位置有意设置引导读者进入义理之门的钥匙。淳熙本是现存最早的朱子文集，刊刻在朱子生前，其"五曲"结句"茅屋苍苔魏阙心"，表明实实在在的关心庙堂之上的忧君忧国忧民之心，何关义理？九曲诗句中的"眼豁然""见平川"，按哲理诗派说法是证悟大道的境界，然而淳熙本却是"霭平川"，意为雨雾笼罩，不能体现"贯通、无障碍"说法。韩国李退溪认为朱子之诗不是"入道次第"的造道诗，而是"因物起兴"的山水诗。著有《朱子文录》朝鲜哲学家奇大升也认为根本不会有"入道次第"等寓意存在。"九曲十章，因物起兴。以写胸中之趣，且"其意之所寓，其言之所宣，因皆清高和厚冲澹洒落，直与浴沂之气象"。奇大升最难以接受的是陈普有关二曲和三曲的"远色之戒"和"舍身之旨"的解释。认为是注者穿凿附会，节节牵合，皆非先生本意。"台湾学者王甦也说："朱熹武夷九曲棹歌十首只是精舍闲居，游观兴会之作，并无学问次第之义。"

哲理诗、山水诗？两派的观点让智者见智，仁者见仁，莫衷一是，难以分辨。

确实，朱子无时无刻不"志于道"，一切以"道"为指归。从浙东任上请辞回归武夷山，营建了"武夷精舍"。但他并不想做一个陶彭泽式的田园诗人，更不想当一个服气茹芝的道家隐士，而要做一个以倡道为己任的"孔夫子"。束景南先生的《朱子大传》在其"砭伏武夷山中"写道："退居山林讲学著述不过是他历来在现实中四处碰壁后的另一种更深远的进取。"朱子的诗学主张是"文从道出"。"道者，文之根本。文者，道之枝叶。"同时，朱子在讲学期间，时常带领学生优游林泉，在水山之间领悟圣贤之道。正如韩国金德铉教授所说："朱子认为和大自然一起的话，就能够达到深奥的境界，仁者天地万物之心，而人之所以为心。"认为喜山悦水就是涵养情操达到天人合一的方法，朱子在武夷山的隐居也正是这种世界观的实践。我们可能不会接受哲理诗派曲曲寻道的机械注解，但我们一定会认同朱子诗中有道，抑或诗从道出。

确实，朱子十分钟情山水。《鹤林玉露》载："朱文公每经行处，闻有佳山水，虽迂途数十里，必往游焉。携樽酒，一古银杯，大几容半升，时饮一杯。登览竟日，未尝厌倦。"朱子诗歌主张的另一方面就是强调尊重规律，提倡诗的质朴自然，因而竭力推崇陶渊明，"若但以诗言志，则渊明所以为高，正在其超然自得，不费安排处。"这大概是受其父亲诗风影响，"初亦不事雕饰，而天然秀发，格力闲暇，超然有出尘之意。"朱子此时为诗，年过半百，按束景南所说："他的诗歌创作到武夷精舍时期具有了自出变化，机杼独远的风貌。""玄言诗，理趣诗、讽刺诗、回文诗、古体、近体、乐府，他都应用自如，变化多端，而又显示出一种清幽空灵，深婉蕴藉的共同风貌。"《武夷棹歌》以九曲溪为经，以沿途九处重要景点为纬，巧妙编造成一幅彩色全图，十分注意状景与抒情的近乎天衣无缝的有机融合，让人欣赏到诗如画的美感和画如诗的韵味，很难直接看出说理论道的痕迹。

我无意介入哲理派和山水派之间的争论。我更愿意揣析朱子写作《武夷棹歌》的动机和心态。朱子风景诗中，以武夷山题材最多，直接标名的就有五十余首。浙东官场上，他六劾贪官唐仲友，虽然赢得百姓将它作为解民倒悬的"清官"来拥戴，但直接得罪了当朝宰相唐的姻亲王淮，因而被迫请辞南归，这为他日后被"迫害"、被"污名化"埋下了祸根。他的心情确实是沉重的。但一见武夷山水，特别是营建好"武夷精舍"，心中又是愉悦的。他对理学的研究也进入成熟时期，其代表作《四书章句集注》修订完毕，刊印四方。其心态从诗的标题也可略见一斑：淳熙甲辰仲春精舍闲居戏作武夷棹歌十首，呈诸同游，相视一笑。《武夷棹歌》具有朱子其他诗少有的特点：其一极大的美誉感。"峰峦岩壑，秀拔奇伟，清溪九曲，流出其间。"已是美不胜收，而溪的尽头，还有桑麻雨露。这就是世外桃源，人间仙境，如果你还要寻找，那么"除是人间别有天"。其二极好的音律感。《武夷棹歌》与其说是诗，不如说是歌词。朱子没有采用近体律诗或擅长的古风形式，而是用了"下里巴人"民家的船歌渔唱的方式，典型的民歌乐府风貌。显然可以看出他是受欧阳修《鼓子词》的启发。《武夷棹歌》从一曲写到九曲，与《鼓子词》从正月写到十二月有异曲同工之妙。这种形式在朱子上千首诗歌中，另外仅出现过一次，即《芹溪九曲》。似乎他就是为后人游览武夷山所写，因此被誉为武夷山九曲溪第一篇最佳导游词。其三极强的归宿感。武夷山风景核心可以说是三三秀水、六六奇峰、七十二洞、九十九岩、一百零八处的景观。一首棹歌把景区内旖旎景致、历史掌故、风物人情如数家珍的般从容吟来，既突出曲曲的重点，又范写景区的全貌。个中充满了他对武夷山水深深情感，他曾在《武夷精舍杂咏》中吟道"琴书四十年，几作山中客。一日茅栋成，居然我泉石。"就像孔子于诛泗，"二程"于洛水、周敦颐于清溪，朱子此时已把武夷山九曲溪当作自己心灵的故乡了。

书院深深

　　徜徉九曲溪畔隐屏峰下，环顾新落成的"武夷精舍"，朱子难掩喜悦，一气作"精舍杂咏十二首"。开篇曰：

　　琴书四十年，几作山中客。

　　一日茅栋成，居然我泉石。

　　"武夷精舍"在山中构仁智堂，左建隐求斋，右搭止宿寮。另辟竹坞，累石为门，坞内兴观善斋，门面筑寒栖馆。山巅立晚对亭，临溪站铁笛亭，前山口拉起柴扉，挂上书院的匾额，至于饮茶的"茶灶"，就以溪中的一块巨石充当，上无片瓦半木……简陋如此却称"精舍"，原因在于朱子匠心独运，带领学子"勤工俭学"营建外，那就是书院所处的位置和"精舍"的象征意义：武夷山水人文精华尽在九曲溪，九曲又以五曲为胜，书院便坐落于此；人住的地方是宿舍，灵魂所寓当为"精舍"。

　　朱子吟武夷精舍的诗得到热烈的反应。董天工在《武夷山志》列举了52位"和"诗。其中不乏大家，如陆游、袁枢、杨荣、陆廷灿、萨天锡等。诗歌也给他带来了麻烦，政敌们抓住"居然我泉石"之句，攻击他有独占武夷山之意。朱子"昨关目思量，许多纷纷，都以《十二咏》首篇中——'我'字生出。此字真是百病之根，若矸不倒，触处作灾怪也！"他后悔遣词造句的随意，却不悔不改兴办书院的初衷。

　　朱子拥有浓郁的书院情结。与他有关的书院有67所，成千上万学生为他亲炙，陈荣捷教授考证的正式注册有名有姓的就有488人。翻阅花名册，竟有二代、三代同时就学于其门下。可以这样说，中国教育史上，与书院关联之多、用心之深、规范之全、效益之好，无人能出朱子之右。

书院与一般的官学和私学有何不同？我给文史馆提交过一篇论文，以"武夷精舍"为例，以新理念、新学校、新教材和新方法阐述书院的特点。

新理念

　　大学之道，在明明德，在亲民，在止于至善。

朱子认为"大学"乃"大人之学"；"明明德"指的是令人自身所具的美德显明；而"亲民"则为"新民"之义；那"至善"则指事物道理和道德的极点状态。这是儒家的"三纲领"，所说的是显明自身光明美德，由此推及他人，令其自我革新，以抵至善至美的境界。用现代人语言说，就是通过道德教育，培养一代"又红又专"社会有用之才。朱子从本体论"理"的高度论述教育：性即理。人与物因其理各得其性，气以成形。现实中的人性总是天命之性与气质之性的统一。前者浑厚之善，完美无缺，是人之所以为人的普通本质；后者是天欲人性的综合体，善恶皆有，是人的特殊本质。一旦性为人欲蒙蔽，人性就成了人恶。但"人性可复"，一旦"去其质之偏，物欲蔽，以复其性，以尽其伦"，人就可以为善、为贤、为圣。"学者须是革尽人欲，复尽天理，方始是学。"教育的大本和全部价值就在这里。

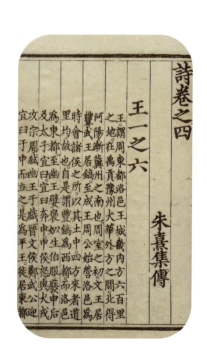

基于此，书院强调教化，追求德行的圆满，人格的完善，心灵的高尚。钱穆说："中国古代不言教育，而常言教化……孔门四科首德行，德本于性，则

人而道天，由人文重归自然。此乃中国文化教育一项重大目标所在。"张昆将、张溪南先生在《台湾书院传统与现代》书中，对书院的性质也如此概括："既是立志于圣贤的人格养成之地，也是孕育治国平天下栋梁之材的场所，更是传承优良文化的堡垒。"一句话，书院德育为先，"圣贤所以教人，为学之大端"。也基于此，书院不以科举考试为教育目的。虽然朱子本人是从科考中脱颖而出的；虽然朱子的弟子不乏金榜题名者；虽然他日后的著作成为开科取士之制；但朱子对科考的弊端看得很清楚："科举之学误人知见，坏人心术，其技愈精其害愈甚"。他多次向朝廷建议，改革科举，提出由朝廷和地方联合选拔人才。他所从事的书院教育本身就是对科举制度的批判和修正。

新学校

> 道迷前圣统，朋误远方来。

考亭书院这副对联还有个故事。此联前身为门人赵蕃为"竹林精舍"所题，"教存君子乐，朋自远方来"。朱子觉得不妥，自谦地作了调整。自己的道统还不完整明晰，恐怕会耽误前来的学者朋友。现在复建的"沧洲精舍"就是原来的"竹林精舍"，也是朱子去世44年后，宋理宗御书的"考亭书院"。大门两边的对联"佩韦遵考训，晦木谨师传"也是朱子所题。意指遵守父亲的遗训，佩韦改正自己急躁的性格；不忘恩师的教导，做一个道德内蓄的君子。有人说前联是"国联"，后联是"家联"，当以前联为重。我倒认为两联俱是朱子为考亭书院而撰，孰重孰轻、悬挂何处皆无碍无妨。两联所述之义，倒是很好地说明书院的性质。

中国书院始于唐初，盛于宋朝，而朱子对书院制度贡献是开创性的、全面的。岳麓书院"忠孝廉节"的道德要求；《白鹿洞书院的揭示》的教规等就是很好的例证。台湾专家黄俊杰教授指出，中国的书院乃至同期的东亚书院学规，"深深浸润在朱子学的价值理念共同体之中。这一点与清代台湾书院的碑记，显示出强烈的朱子学取向……都共同反映朱子的书院教育，对于东亚地区传统教育所发挥的典范作用。"朱子书院主张大体可用"传道济民"来概括，即赓续道统、培养经世致用的人才。朱子是哲学意义"道统"的确立者。他以"危微精一"即儒家十六字"心传"，阐述理想的"道统"，且将传承排列成一个谱系：上古圣神，继之尧、舜、禹、成汤、文武；然后孔子、颜子、曾子、子思、孟子；然后周子、"二程"承接千年

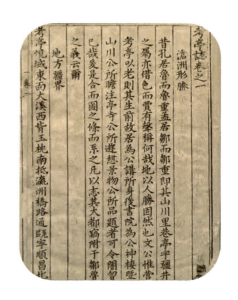

不传之绪。从中可以看出，儒家道统传承自孔子之后，其重心已自觉地由君道转移为师道，教育成了传承的核心和重要载体。书院的种种功能都是围绕传道而展开。这是书院教育的重要功能，也是中华文明五千年不中断的原因所在。

书院能够坚持思想学术的独立，很大程度上得益于办学机制。虽然有些书院得到官府的支持和褒奖，但大多数都是民间设立，其创建和运转主要依靠自身。本来"武夷精舍"的营建，作为时任福建安抚使的赵汝愚及志同道合者都表示要倾力相助，可朱子坚决谢绝支持。所以他的书院经费更为窘迫，甚至要以私人名义向建宁府的韩元吉告贷。有位颇有身份的

学生胡纮前来书院，原以为会得到只鸡半鸭的接待，谁知道竟和师生共同"享受""脱栗饭""姜汁茄"，以致积怨甚深。"庆元党禁"时，已为太常少卿的他，落井下石，捏造了许多莫须有的事加害朱子。

新教材

四书道理粲然……何理不可容，何事不可为。

事实上，朱子很多著述大抵因为讲学需要而作。他编的教材是成系统和配套的。既考虑到受教育者年龄大小、身份不同；又考虑到不同学子秉赋差异；也注意到教材之间的平衡与衔接；还兼顾了儒家的经典与新近学术成果的关联。西方学者狄百瑞将朱子的教材分为十一项，从针对懵懂少年到皇帝达官，应有尽有。

其中最为朱子看重的当然是《四书章句集注》。中国古代教育经典原来是《六经》，汉以后失去了"乐"而为《五经》。随着时代发展，原来的经典对社会发展的指导性、与释老的抗衡的针对性、对学子学习的渐进性都存在明显的缺陷。朱子与时俱进地以《四书》代替《五经》。"大学""中庸"原是《礼记》中的两篇，而"论语"在汉代仅为小学所必修；"孟子"在此之前不具有经的地位。朱子让中国古文化主题更为鲜明，体系也更为系统，也让士子学习儒学更好地循序渐进。朱子明确了新旧经典的内在逻辑顺序：先《四书》后《五经》，前者是后者的阶梯。而就《四书》内部体系而言，应按"大学""论语""孟子""中庸"的顺序来学习："先读'大学'以定其规模，次读'论语'以立其根本，次读'孟子'以观其发越，次读'中庸'以求古人微妙处"。

值得一提的是《朱子语类》。它是朱子与弟子答问语录的汇编，其范围广泛，涉及众多领域，展现了朱子宏大的理学思想体系，是"新儒学"的精华，仿佛是"论语"的新版。朱子去世后15年，弟子们就开始了搜集，直到1270年，黎靖德集大成，编成了洋洋大观140卷本。胡适先生写过"《朱子语类》的历史"专文。吴坚在"建安刊朱子语别录长序"中说道："朱子教人既有成书，又不能忘言者，为答问发也。天地之所以高厚，一物之所以然，其在成书引而不发者，《语录》所不可无也。"《朱子语类》不失为学习朱子思想的最好教辅。书中的问答方式也是书院教学的一种好方式。

新方法

昨夜江边春水生，蒙冲巨舰一毛轻。

向来枉费推移力，此日中流自在行。

这是朱子"观书有感"诗的第二首，讲的是读书之法。第一种读书不得法，未下苦功，学不对路，犹如水浅时推移搁浅巨舰；第二种读书得法，痛下苦功，方法到家，如同春水涨发，巨舰行驶轻如鸿毛。朱子曾说过："道有实体，教有成法，卑不可抗，高不可贬，语不能显，默不能藏。"钱穆先生言："在理学家中，正式明白教人读书，却只有朱子一人。"有人将朱子的教学方法归纳为：对话法、讲授法、引导法、点化法、时习法、示喻法和感化法。我则总结为：共性与个性的统一；教育学习相长；致知笃行并重；课里课外结合。

朱子在书院教育还开创了会讲与升堂讲学的制度。1167年朱子造访湖南长沙，与张栻进行了著名的"岳麓会讲"。讲论涉及主题丰富，有"太极""中和""仁说"等等。讲论中争论激烈，门人范伯崇回忆："二先生论中庸之义，三日夜而不能合""讲论氛围热闹，学徒千余，舆马之众，至饮池立竭，一时有潇湘洙泗之风焉""自此之后，岳麓之为书院，非前之岳麓矣"。朱子修复白鹿洞书院后，又邀请与自己学术主张不同的陆九渊前来讲学，并让其打破惯例，留下提纲镌刻于石。"武夷精舍"期间，朱子曾言："过我精舍，讲道论心，穷日继夜。"朱子倡导的会讲与升堂讲学，打破了传统书院的门户之见，为不同学派的思想提供了学术交流、争鸣的平台。它对探索真理、发展文化产生了不可估量的积极影响。

优游山水，自然施教是朱子书院教育的另一特色。《礼记·学记》中言："故君子之于学也，藏焉，修焉，息焉，游焉。"朱子深以为之。在他心目中，教育是生命教育，亦即完善生命，提升生命。"天地大德曰生。"要让学子"读万卷书"，更要让他们"行万里路"。所以在书院的选择上，应是山水绝佳处。议及白鹿洞书院所处地理位置时，他说："山中闲旷，正学者读书进德之地，若领袖诸贤固心倡导，不以彼己之私介于胸中，则后生有所观法，而其败群不率者亦且革心矣。"办学"武夷精舍"，更是把整座武夷山作为教学空间，经常带领学生游历灵山秀水，从中领略理学的深刻哲理。门人叶贺孙曾说："及无事领诸生游赏，则徘徊顾瞻，缓步微吟。"脍炙人口，流传百世的《九曲棹歌》就是这样写就的。

"兴发千山里，诗成一笑中。"此刻，朱子吟诵之声又回响耳边：

五曲山高云气深，长时烟雨暗平林。

林间有客无人识，欸乃声中万古心。

与谁酩酊

　　朱子留下了很多酒诗。湖湘归途中，夜饮赣江。谁知弟子们都醉了，独醒的朱子作诗"笑话"——"舟中见新月，伯崇、择之二友皆已醉卧，以此戏之。"可见朱子饮酒且善饮。美籍华人陈荣捷教授说："朱子亦嗜酒，或独饮、或与人共饮，饮一杯或数杯。"朱子的诗中常出现："剧饮、尽醉、酩酊、频斟、醺酣、洪量、同醉"等字眼，更有"一杯且复醉""一酌便还醇""尽醉靡归期"等酒句。然而，朱子的自控能力很强，极少饮醉。酒酣之时，"则先生每爱诵屈原《楚辞》、孔明《出师表》、渊明《归去来》等诗，并杜子美数诗而已。"酒后尚能吟诗诵赋、不失礼数，可谓心性不乱，有如闽北人所说的"酒醉心头定"。朱子少年晚年曾两度戒酒。专家们论证，他未然全戒，只是"为酒适量不及乱"。好友张栻曾误听传闻，为朱子喝酒担心，故修书规劝。陈荣捷教授则举朱子回祖籍扫墓不去庙宇烧香而与乡人喝酒为例，证明张栻所虑不必，"可见酒能动其腑脏而不能动其心也"。

　　朱子的酒诗中，独饮的并不多，"岂无斗酒姿，独酌谁为欢？"也不在乎菜肴精细，"盘餐杂鲑菜，那有蟹螯持"，也不计较酒质的厚薄，"沆瀣应难比，茅柴只自羞。"饮酒只看喝的对不对？套用现在的酒话说，菜也好，酒也罢，都不重要，关键是跟谁喝，与谁酩酊、谁人同醉？

　　与乡亲共饮。朱子一生除了外出为官九年，大部时间都在闽北。他和当地百姓结下了深厚的友谊，深居云谷山中，仍有乡人送酒上门。两人饮到夕阳西下。他和百姓真正打成了一片：

> 郊原暧芳物，细雨青春时。
>
> 前冈遝敞地，登览情无遗。
>
> 农亩怀岁功，壶浆祝神釐。
>
> 我惭里居氓，十载劳驱驰。
>
> 今朝幸休闲，追逐聊嘻嘻。
>
> 笑语欢成旧，尽醉靡归期。

诗题为《社日诸人集西冈》，乃朱子33岁时于五夫所写。社日是农人的盛大节日。"起源于三代，初兴于秦汉，传承于魏晋南北朝，兴盛于唐宋，衰微于元明及清。"其主题是祭祀土地神。时间一般为立春后的第五个戊日，大约春风前后。朱子之诗与鹅湖山下的王驾的《社日》，主题大体相同，不一样的是他和乡人的感情：来五夫生活十年，惭愧多年村民帮助。今天终于有闲和大家欢聚一堂，"嘻嘻"笑语，不醉不归。

朱子与民同乐的诗还有《酒市》《佳酿》《谢客》等。诗中提供了他对酒事熟悉的鲜为人知的一面。"曲米春""茅紫"等为农家酒名，"盈榼""腾篱"指的是酒具，而"兵厨"说的是存好酒的地方，"白衣"乃送酒的吏人，"沆瀣"传说是仙人之饮，"当炉"讲的是卖酒女郎，"中圣"隐喻酒醉，"啜醨"则言酒薄……凡此种种，如不参照注释，会让人读得"醉意朦胧"。至于"新醅拨浮蚁，春满夜堂中"，说的是农家未过滤的酒，面上有浮蚁泡沫。张衡曾言："醪敷径寸，浮蚁若萍"。饮时拂去，一动酒香如春。这样生动具体描写，未亲身经历断然无法做到。

与山川对酌。朱子诗以山水诗数量为最。按他自己的话说："举凡江山景物之奇，阴晴朝暮互变，幽深杰异，千状万态，则虽所谓《三百篇》犹有所不能形容其仿佛，此因不得而记云。"其弟子吴寿昌回忆道："先生每观一水一石，一草一木，稍清阴处，竟日目不瞬。"钱穆先生证明"朱子一生酷爱山水，浪迹无数名山大川"。《福建通志》的《朱熹传》记载："相传每经行处，闻有佳山壑，虽迂途数里，必往游。"游之必有诗，陈衍评论："晦翁登山临水，处处有诗，盖道学中之最活泼者。"其诗一扫宋人"议论为诗，文字为诗，才学为诗"的风气，又有哲人诗人的"一片化机之妙"。朱子山水诗之多、之好的原因，浙大潘立勇教授讲得很明白："从心理背景的角度说，这是对他的抽象而枯燥的理学学术生活的一种必要的心理调节和补充。从本体论上说，中国传统哲人"体用一元"及理学家'理一分殊'的观念，为朱子的山水美学思想确立了基本的立足点。"除此之外，我则认为还有个重要因素，那就是酒的媒介作用。山川为友，日月相伴，登山临水，吟风弄月，无非"上下与天地同流"，朋友举杯推心置腹，其情不可能不真，其诗焉能不佳？读读朱子和张栻雪中登南岳高峰《醉下祝融峰》吧。

朱子的诗：

> 我来万里驾长风，绝壑层云许荡胸。
>
> 浊酒三杯豪气发，朗吟飞下祝融峰。

张栻的诗：

> 云气飘飘御晚风，笑谈嘘吸满心胸；
>
> 须臾敛尽云空碧，露出天边无数峰。

两人同题同韵同饮酒，张栻诗中无酒，朱子诗中酒气干云：山川虽高、云雾漫漫、有酒数杯、激情荡胸、放声高歌，我心飞翔。两人诗意高下，读者当可立判。日本的吉川幸次郎评论朱子之诗"颇有豪放之致"。诗酒人生。酒，打开天地自然通向诗歌之门；酒，焕发了诗人的创造力和精神。我总觉得朱子的山水诗里似有酒意流淌，要不人们读了怎会摇头晃脑，"如痴如醉"呢？

与道友同醉。酒对于志同道合者，可以称为朋友的朋友。人说，"酒逢知己千杯少"。作为同仁，酒为思想的引擎，话语的开关，一旦打开，天道人情，国事家事"投机"没完。且看朱子《水调歌头·隐括杜牧之齐山诗》：

> 江水浸云影，鸿雁欲南飞。携壶结客何处？空翠渺烟霏。尘世难逢

一笑，况有紫萸黄菊，堪插满头归。风景今朝是，身世昔人非。

　　酬佳节，须酩酊，莫相违。人生如寄，何事辛苦怨斜晖。无尽今来古往，多少春花秋月，那更有危机。与问牛山客，何必独沾衣。

"隐括"，指的是改写别人的诗文。这首隐括词是将晚唐诗人杜牧"九日齐山登高"的诗，按"水调歌头"的词牌改写成词。杜牧的诗看来深受喜爱。在此之前，苏轼已经隐括了一次，他用的词牌为《定风波》。不同在于对酒的态度。杜牧，"但将酩酊酬佳节"，苏轼，"酩酊但酬佳节了"，俱是被动状态，而朱子高调宣布："酬佳节，须酩酊、莫相违"。从这出发提出了与他们不同的"危机"理论。他认为"危"中有"机"，"机"在"危"中。一个旧时代结束就是一个新时代的开始。花开花落，古往今来，自然规律莫非如此，何必学齐景公牛山哀怨、泪水沾衣？朱子隐括了先贤的诗，实际上也是与他们交谈对饮。因此后人评论朱子此词："气骨豪迈，则俯视苏辛；音节谐和，则仆命秦柳，洗尽千古头巾俗态。"与朱子酩酊的道友，从诗中看来还有不少：同丘子野"开尊酌香醪，馨欬活衷曲"；同张栻的"天寒饮我酒，酒罢赓君诗"；同范伯崇、林择之的"与问醉眠客，岂知行路难"；同蔡元定的"酒笑红裙醉，诗渐杂佩酬"。朱子与同仁最为放开喝酒的一次，当数"知郡傅丈载酒幕被过熹于九日山夜泛小舟弄月剧饮"，其二：

　　谁知方外客，亦爱酒中仙。

　　共踏空林月，来寻野渡船。

　　醉醒非各趣，心迹两忘缘。

　　江海情何限，秋生蓬鬓边。

一位是知兴化军罢归，一位是同安主簿任满，一同夜游金溪。天清云淡，秋风送爽，举杯向月，击楫高歌。评论家说："知郡称为方外客，主簿自称酒中仙，真相忘于形骸之外者。太白独酌诗则曰：'但得酒中趣，勿为醒者传。'此共饮诗则曰：'醉醒非各趣'……直合两人之醉醒心迹浑然矣。"什么叫志同道合？醒亦然、醉亦然、直教人生死亦然。

朱子生活的闽北多酒，且产好酒，让外来客"闻香下马，知味扰船"。其得益于独有地理人文。首先是武夷山脉。它挡住了西伯利亚的寒流，又留住了暖温的海洋气候。当300万年前的第四纪冰川肆虐地球后，北纬27℃线上，留下了大多是沙漠和荒凉，唯独武夷山脉未见危害的痕迹。崖崖壑壑留下了80%以上的森林覆盖率、近乎欧洲6倍以上的物种和丰富的微生物种群；得益于闽北地广粮丰。"浦城收一收，有米下福州。"丰富的粮食为造酒业提供了源源不断的

原料保证；得益于酿酒业能工巧匠的高超技艺。历史上，闽北好酒得到了文人墨客的多多褒扬，诸如李商隐的"只得流霞酒一杯，空中萧鼓几时回"，陆游的"红烛映绿樽，奇哉万金药"；刘克庄的"酒妙天下"；曾任两江总督的梁章钜认为闽北红酒"恐海内之佳酿，无能出其右者矣"；朱子的父亲则高度赞扬闽北同榜进士卓民表的家酿为"武夷仙露"。很多人认为闽北的好酒主要是红酒，朱子亦爱如此。其实不然，有朱子诗为证：

> 白酒频斟当啜茶，何妨一醉野人家。
>
> 据鞍又向岗头望，落日天风雁字斜。

把白酒当茶饮，何等豪迈？当时古代闽北白酒尽是米烧之类的低端白酒。好在新中国成立以后，白酒业迅速发展。卓立筑先生在《"福矛"酒的前世今生》一文中说道，1985年建瓯市试制了第一批酱香型白酒，先后

拿下了"福建名酒""巴黎博览会金奖"的桂冠。今年建瓯又有"福酱"名酒面世。

　　常常突发奇想，什么时候能请朱子品品闽北今日白酒，然后畅谈诗酒人生。我想与我一样希望举杯礼敬的朋友，一定很多、很多！

朱子的"武夷精舍"很快要建成了，就差一处饮茶的场所，他把目光投向了溪流中的那块巨石。

　　"武夷精舍"其实不精。按朱子的说法"视缚房三间，制度殊草草"。如果要说"精"的话，那就是朱子亲自谋划，匠心独用。诗人韩元吉这样介绍："元晦躬画其中，中以为堂，旁以为斋，高以为亭，密以为室……"最为人们称道是饮茶之处。

　　五曲隐屏峰西，溪之中流，巨石屹立。其上可环坐八九人，石中有凹坑，自然为灶，可以煎茶品茗，俨然是天然茶室，既不费一石一木，又尽享溪山之胜。

　　朱子喜不胜收吟道：

　　　　仙翁遗石灶，宛在水中央。

　　　　饮罢方舟去，茶烟袅细香。

　　神仙曾在此煮茶，留下的石灶在水的中央，饮罢香茗登上双舟相并的方舟去了，而茶香却细细袅袅，从古到今。《茶灶》引得众人诗兴大发。杨万里、袁枢、董天工等欣然唱和。宋诗人陈梦庚说："此水此茶颂此灶。"然而遗憾的是，就像朱子新题写"茶

竈"被人误读那样，他与茶的渊源鲜为人知。

朱子诗文中写茶的委实不多。不少人认为《春谷》——《次秀野刘丈闲居十五咏》中的第六首是茶诗。诗曰：

> 武夷高处是蓬莱，采得灵根手自栽。
>
> 地僻芳菲镇长在，谷寒蜂蝶未全来。
>
> 红裳似歌留人醉，锦障何妨为客开。
>
> 饮罢醒心何处听，远山重叠翠成堆。

此诗作为茶诗读起来颇为可疑，问题出在第二句的最后一字，大部分文本均为"栽"字。"栽"与"裁"让全诗意义完全不同。若为"裁"字就与茶无关。句中"灵根"是对植物根苗的美称，意为长生之身。《老子·黄庭经》曰："玉池清水灌灵根，灵根坚固老不衰。"唐朝吕延济注"灵根谓身也"。而"裁"为"节制、调养"。专家们认为，此诗表达主人在有如蓬莱仙境的武夷山修身养性。此地虽然偏僻但芳香长驻不败，山谷寒冷，蜂蝶还未全部飞来，晒布岩像织女织就展开的红裳，让流连忘返的客人醉在其中，锦屏般的隐屏正为客人缓缓打开。饮罢何处醒心，但见远山叠嶂，翠绿无边。秀野刘丈是武夷山人，官至朝散大夫，退休筑室武夷山城南。朱子与其唱酬多达九十余首，吟遍刘氏园台榭花木，包括瓜果蔬菜，诸如木耳、芋魁、蒣菜等，但无一首茶诗，除这首疑似以外。

然而朱子与茶特别是武夷茶息息相关，可以说武夷茶的种植至品饮全过程全部参与。朱子知漳州时，在州府百草亭园圃种植武夷茶，而且在当地大力推广。他采茶、饮茶，《茶坂》一诗写道：

> 携籝北岭西，采撷供茗饮。
>
> 一啜夜窗寒，跏趺谢衾枕。

携筐采茶北岭西，采制清茶供品饮，一喝顿觉精神好，寒窗打坐不觉困，谢绝被枕不用眠。朱子还咏过"茗饮瀹甘寒，抖擞神气增。顿觉尘虑空，豁然悦心目。"两首诗有异曲同工之妙。朱子把茶的地位看得很高。方外道友圆悟禅师逝去，他以茶相奠："香茶供养黄檗长老悟公故人之塔并以小诗见意二首"。其中一首这样写道："摆手临行一寄声，故应离合未忘情。炷香瀹茗知何处，十二峰前海月明"。

朱子以道为命。他的学说本身与天地万物贯通，茶更不例外。他经常以茶释理。学生林夔孙请教《大学》"诚意"概念，这是儒家"八条目"中重要一条。孔子曾说："所谓诚其意者，毋自欺也。如恶恶臭，如好好色，此之谓自谦。故君子必慎其独也！"大意为：诚意就是不要自己欺骗自己，对于坏的，要像厌恶难闻的气味一样；对于好的，就要像见美色一般。只有这样，才能让自己心意诚实，心安理得，所以君子务必谨慎地对待自己独处的时候。此中道理，朱子以茶释之："如这一盏茶，一味是茶，便是真。才有些别底滋味，便是有物夹杂了，便是二。"按朱子讲解，一致为善去恶，有如茶的纯粹，那就是"一"，也就是"诚意"；如果茶掺了杂，那就是"二"，也就不是"诚意"了。直观达意、大道似简。

很多人认为朱子的祖先担任管理茶叶、征收税赋"茶院"职务，因而与茶有历史渊源。按照束景南先生的考证，朱子的"先代世系，目前真正可信的可以上溯到茶院公朱瓌"，而朱子是其九世孙。但"茶院"并不是官职，按"唐五代并无'制置茶院'的官。朱瓌只担任过衙前指挥和婺源县制置的官，也没任过制置茶院的官。"朱氏宗谱、族谱都是用地名来指称某某府君的，绝无用官名指称。所谓"茶院府君"应是指居住地，一个古城与"茶院"同音的婺源万安乡松岩里的叫"茶源"的地方。这个美丽

的"附会"引出了朱子与茶的天生缘分。朱子出生之日，举行洗儿之礼，父亲朱松以《洗儿二首》记之。有人说"洗三朝"所用的汤水就是"月团"饼茶所泡。朱子去世前三年，身陷"庆元党禁"冤案，避难闽东，又一次来到古田"蓝田书院"，人们请他题写"引月"，落款时不好落自己的姓名与字号，随手一笔"茶仙"，不经意间将他与茶的关系定格。朱子曾说武夷茶"建茶如中庸之为德，江茶如伯夷叔齐"。这是对武夷茶至高无上的评价。学生曾以"茶本苦物，吃过却甘"请教，"问'此理如何？'曰'也是一个道理。如始于忧勤，终于逸乐，理而后和。盖礼本天下之至严，行之各得其分，则至和。'"朱子告诫人们循理守理，是严肃刻苦的，但你做到了，则能和顺快乐，有如饮茶一样苦尽甘来。朱子赋道于茶，而茶也烛照了朱子。朱子闻道、释道、创建大道，克己复礼，受尽磨难：少年丧父、中年丧妻、老年丧子、晚年蒙冤，但终不改中兴儒学的初衷，最后集理学之大成，实现人生最大价值，赢来身后无限哀荣。细细品味朱子人生，总觉得他一生如茶。

邵 武 道 中

邵武予朱子百感交集，朱子与邵武情缘难分。

读完《朱子与邵武的论文集》，我的结论可作如是观。

1151年，二十二岁的朱子第一次行走邵武，写下了一首诗：

> 风色戒寒候，岁事已逶迟。
>
> 劳生尚行役，游子能不悲。
>
> 林壑无馀秀，野草不复滋。
>
> 禾黍经秋成，收敛已空畦。
>
> 田翁喜岁丰，妇子亦嘻嘻。
>
> 而我独何成，悠悠长路岐。
>
> 凌霜即晓装，落日命晚炊。
>
> 不惜容鬓凋，镇日长空饥。
>
> 征鸿在云天，浮萍在青池。
>
> 微踪政如此，三叹复如何。

朱子此时已参加过朝廷的铨试，授职泉州同安县主簿。不过到职却要"待次"——依次排队等待补缺，而候职期间没有俸禄。于是他就近四下里走走。有人说他到邵武是找事做，以解生计。诗的前几句说的是，时届冬令，农事已毕。但游子和操劳的人仍为生计在外奔走。中间几句描写秋尽冬来，叶落草黄萧瑟和农民丰年的快乐。最后四句写的是，劳苦的人晓行夜宿，忍饥耐寒、羁旅愁苦和飘泊无定、事业无成的人生感叹。诗歌一如朱子的诗风，平淡自然，却又颇具匠心，把"田翁喜岁丰"与"而我独何成"相比照；以"征鸿""浮萍"比喻孤单弱小的游子行踪，生命的飘零无奈感油然而生。整首诗寓情于景，自抒胸臆。

1160年，朱子再到邵武，哭吊老师范如圭，写下《挽范直阁二首》诗："素车今日会，谁与共伤神。"其心情之差可想而知。有的评论家认为朱子这类诗歌："旅途劳顿，了无生趣，牢骚满腹。"我倒赞成论文集中有的作者从中解读青年朱熹的忧患意识。《朱子可闻诗集》评论说："读者须体先生此时境遇，所欲成者何事，慨无成者何心，非他人泛焉行役，叹老嗟卑者可比。"朱子的悲怨不仅仅是个人的，也不仅仅是物质层面的。那是青春骚动期对生命价值自我生存意义的探索和叩问；那是求证大道处于即悟又尚未悟出之间的徘徊彷徨；那是愿意担当家国大任又未能担当的焦虑与茫然。

朱子是否在邵武找到工作，我们不得而知。但他却找到了好老师黄中（字瑞明）先生。此时朱子已经四十七岁。他的拜师仪式十分简朴而庄重。人已到先生屋檐下，没有贸然造访，而是先投书致敬。信的开头说"斋沐裁书"。自己斋戒沐浴，虔诚恭敬；信的结尾一再表示，因为向往之深，未经允许传召便前来，不知僭越，不胜惶恐。朱子的拜师行为可与"程门立雪"的故事相比，而端明先生也与故事有关。他是游酢先生的外甥及门人。老师确属朱子所赞颂的爵贵、年寿、德盛的人中君子。其经历也颇为传奇：既受知于高宗，又受知于孝宗；七十岁退休，六年后又蒙召再仕。"正色立朝，声烈甚茂"，令海内有识之士莫不归心。朱子投师端明门下，不仅让其思想学术渊源对接"二程"，而且在"礼"的方面大为受益，因为先生是治礼大家且经验丰富，所以引发了朱子晚年组织众多学生合力纂修《仪礼经传通解》。

朱子还在邵武找到了好朋友何镐（字叔京）。他是通过范如圭老师之子范念德介绍认识的。一接触，两人便成至交。"朱子敬友之，常造其家，书问无虚月。"仅《晦庵先生朱文公集》中，"答何叔京"就有32通，其它著作中还有3通，字数有二万字之多。朱子在给叔京的祭文中写道："过我精舍，讲道论心，穷日继夜。若兄之圣，实我所畏"；在其墓志铭中曰："予获从之游，相好也。"美籍华人陈荣捷也说："有祭有铭有志，则其感情之笃，可以知矣。叔京可谓讲论至友。"两人交往期间，恰是朱子思想学术走向成熟的关键时期。叔京的许多观点与讲论本身对朱子学说形成的贡献不可忽略。论文集中许多作者从撰写《杂学辨跋》，协助编纂《伊洛渊源录》，参与《四书》讨论，特别是在"主敬"思想的争论上进行说明。我倒对朱子为叔京父亲何兑所作的"味道堂记"发生兴趣。该堂也称"台溪精舍"，是何家父子读书的地方。叔京多次请朱子为文纪之，以不忘父亲的教诲，但朱子一再推辞："熹于文辞无所可取，使为它文，则或可以率意忘言，无问嗤点。今欲发扬先志，昭示后来，兹事体重，岂宜轻以假人？"朱子在给叔京的第五封信中答应写，但第十六封回信中还要求再给些时间，直到乾道九年，即1173年才完成。朱子的反复推辞，不仅仅出于谦虚和谨慎，而是与他研究突破《中庸》思想有关。何兑先生取名"味道堂"，意出《中庸》："人莫不饮食也，鲜能知味也"。何兑先生师承"二程"弟子马伸，以"中庸"之学最为专精。朱子是想用自己的思想来观照"味道堂"，也想用何兑先生的实践来证实他的思路。《味道堂记》中，朱子把叔京父亲当做道德的化身，"乡人爱敬，至以'中庸'目之"。他的实践与释老有本质区别，所品味的正道不外乎仁、义、礼、智、信等伦常道德。"真可谓饮食而知其味矣。"何兑先生关于"中庸"之道不出于人伦纲常的道理与朱子的学说十分吻和。从时间段看，这个时期恰恰是朱子经历"丙戌之悟""巳丑之悟"两次"中和"思想飞跃，从而建立了"心统性情"的心性论和"主敬涵养"的工夫论。这是朱子学问的大旨。朱子也正是从这里开始重建以"理"为核心的道德哲学。为此朱子十分兴奋，第一次中和之悟后，写下了那首著名的"方塘诗"。可以说，邵武的良师益友给朱子带来了人生大喜。

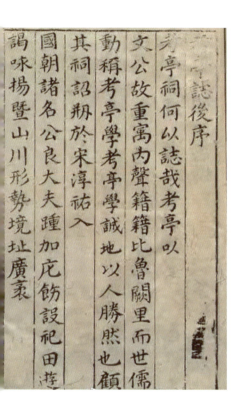

朱子邵武的情感世界还有愤怒。它不仅是因山河破碎的两宋时势而发，更为"南渡第一名臣"李纲所叹。朱子为李纲名相写下了《邵武军学丞相李公祠堂记》，细述名相奇谋大略，屡贬屡忠的事迹。在朱子眼里，李先生就是三闾大夫屈原的形象。"知有君父而不知有其身，知天下之有安危，而不知其身之有祸福，虽以谗间窜斥，屡濒九死，而其爱君忧国之心，终有不可得而夺者，是亦可谓一世之伟人矣。"如果说此记还是歌颂为主的话，那么《丞相李公奏议后序》就是对朝廷的愤怒追问。朱子历数李纲丞相种种做法想法，发问天下：在宣和三年被采纳会怎样？在靖康年间被采纳会怎样？在建炎时期被采纳会怎样？在绍兴时期被采纳又会怎样？如果重用李纲丞相并按他的方略去做，怎么会落到今天把朝廷委屈地迁到江海之边，还把后患留给一代又一代的君王呢？朱子义愤填膺不顾一切地呐喊，呜呼，痛哉！

邵武坚定抗金人士不光是李纲，而是一个群体，朱子与他们志同道合。老师范如圭，曾经反对用秘书省接待金国使者，移书秦桧陈词痛斥其议和：

"公不丧心，不病狂，奈何一旦为此？若不改图，必且遗臭万世矣。"他同朱子父亲一起联名具章反对和议，遭到秦桧的迫害。"即罢而归，又与公舣舟国门外，其相于期固穷死守之义，晚而愈笃。"朱子另一位老师端明先生，也是一腔爱国情怀。"未尝一日忘朝廷"，未尝一日忘边疆时事，当金兵渡江来袭，举城皆慌，分崩离散。只有先生和少数臣子，坚守城中。论文集中言及主战三代人的命题。他们对外敌仇恨"不共戴天"，都有继承前辈之志，雪耻复仇的壮烈情怀。

邵武带给朱子的也有欢乐。他与邵武的朋友门生常常游历山水，吟诗唱和。1178年末，朱子偕朋友游五夫天湖，下饮泉石轩，以"山水含清晖"分韵赋诗。其中就有邵武门人方士繇；1179年，朱子任江西南康军，邵武杨时门人李郁之子李吕陪朱子游庐山玉涧，两人相互唱和。朱子还把诗寄给远在荆州的张栻。1181年，朱子领友游览武夷山水帘洞，题刻十一人中，有五位来自邵武。朱子著名的春夏秋冬四季诗，就是写于当时寓居邵武辖下泰宁的范念德家。

朱子邵武最为惬意的事莫过于为朋友们收藏题跋写序作记。一方面可以睹物鉴赏，增长见识，另一方面"想见风烈，殊激衰儒之气"。最为高兴的是，邵武好友带来一位画家，为朱子制作大小二像。其画技高超，居然能画出"麋鹿之姿，林野之性"。朱子示之以人，哪怕听说过朱子而未见过的，也会知道画的是他。朱子十分高兴，打算"东游雁荡，窥龙湫，登玉宵，以望蓬莱；西历麻源，经玉笥，据祝融之绝顶，以临洞庭风涛之壮，北出九江，上庐阜，入虎溪，访陶翁之遗迹。"都与其随行，那些地方应有隐士，很多人都未见过，如果幸运遇到，就把他们的形象一一画下来。遗憾的是郭氏画家岁晚思亲，不能跟着他去游历，趁着他来辞行，朱子便写下这番话送给画家。字里行间，朱子的浪漫，诙谐和欢乐溢于纸上。

见复中原

朱子的中原之梦碎于临终。他对门人说："某要见复中原，今老矣，不及见矣！"哀莫大于心死，何况愤怒其中。

去世前一年，朱子和朋友诗曰：

> 阑干苜蓿久空槃，未觉清赢带眼宽。
>
> 老去光华奸党籍，向来羞辱侍臣冠。
>
> 极知此道无终否，且喜闲身得暂安。
>
> 汉祚中天那可料，明年太岁又涒滩。

全诗的大意为：久空的食盘散乱着可作饲料的苜蓿，不知不觉因为清瘦腰带扣眼越扣越宽。老去很荣幸列入"奸党"之册，一向自感玷污了君王侍讲的尊严。我很知道命运轮回否极泰来，高兴的是终于能闲下身来得到暂时的平安。大宋王朝中兴之日谁能料到？明年太岁在申又逢涒滩年了，我还是闭嘴为好。

与此诗同题同韵的还有一首，俱是答复朋友庆贺自己退休。1196年，朱子陷入"庆元党禁"案中，被朝廷免职停禄。朝中有人甚至要求："斩朱熹以绝伪学。"1198年，朱子冒着罪加一等的危险，申报退休。次年朝廷竟批准他以朝奉大夫致仕。

诗中，朱子的心情极为复杂。准予退休，意味着生命暂保；同时宣告仕途终结，报国无门。有人说："老列奸党籍，而曰'光华'，向戴侍臣冠，而曰'羞辱'，身既不用，而翻幸'暂安'，时知否极，而尚冀或转。计出无聊，字字悲壮。"束景南先生不无感慨地说："他把自己白发放臣对南宋山河破碎、国运将亡的全部忧愤，对新贵欺君、陷害忠良的全部仇恨，对道学不明、党锢横行的全部哀怨，都凝结在诗末最后两句。"

诗人复杂的情感还在所附之言："建隆庚申距今己未，二百四十年矣！尝记十岁时，先君慨然顾语熹曰，'太祖受命至今，百八十年矣！'叹息久之。铭佩先训，于今甲子又复一周，而衰疾零落，终无以少塞臣子之责。因和此诗，并记其语，以示儿辈，为之肃然感涕云。"所列的数字是沉重的，其中240年是汉代预言家说"汉兴二百一十载而中天"之意，王莽正是以此篡汉建新。朱子感叹南宋国运衰弱还有多久？"示之儿辈"，大有陆放翁"家祭无忘"的意思。评论家说："庆元乙未，先生年七十，遂得保身致仕，阅一年庚申而卒，宋亦随亡。读此诗结句并先生记语，使人酸伤无已。"

从诗的后记中还可以知道，朱子自幼便有了抗金思想。那年反对"绍兴和议"的胡铨遭到"昭州编管，永不叙用"的迫害，朱子父亲朱松等六名史馆馆员联名上书，反对议和，力主抗金。但是皇帝赵构和秦桧冒天下之大不韪，一意乞和。这一年正是大宋开国180周年。朱松散朝后对朱子感叹宋太祖打下的江山，被醉生梦死的败家子们糟蹋得破碎不堪了。父亲"太祖受命，至今，百八十年矣"的叹息，在

朱子的心中留下终生难忘的创痛，以致六十年后还记忆犹新。如果说朝廷见闻让朱子获得抗金复国的感性认识，那么父亲和老师们的教育则饱含尊王攘夷，"大一统"的理性启迪。朱松为儿子讲解了刘秀以三千精兵击破王寻包围昆阳的四十二万大军，从而中兴汉室的故事，并手书苏东坡的《昆阳赋》，几乎影响了朱子的一生。他把父亲的墨宝一直珍藏到老。晚年捧看题跋时"为之泫然流涕，不能自已。"朱子的老师们几乎个个主战抗金。刘子翚先生一家三代四人以"三忠一文"载入史册。将岳飞从一位佃客培养为抗金名将的，正是其父忠显公刘韐和其兄忠定公刘子羽。胡宪先生师从叔父胡安国。后者三十年修一部《春秋传》。朱子曾言，"南渡之后，说复仇者，惟胡氏父子说得无病。"范如圭先生则是与朱松一起上书一起被逐出朝廷；至于导师李侗先生虽然终身不仕，温文尔雅，却"反复教诏"力主抗金。朱子在给他人信中言及，"顷见先生（李侗），亦常常说今日但当将'不共戴天'四字贴在额头上，不知有其他是第一义。"悠悠万事，抗金唯大。朱子心心念念复我中原。其政治活动从未离开这一主题。他对"议和"痛恨之极。1162年6月，首次应诏上《封事》提出了最为激烈的反"和"主张。他说："夫金虏于我有不共戴天之仇，则其不可和也，义理明矣。""所谓讲和者有百害无一利，何苦而为之？""此说不罢，则天下之事无一可成之理。"1163年5月，奏事垂拱殿，朱子再次向皇帝提出，"今日所当为者，非战无以复仇，非守无以制胜，是皆天理之自然，非人欲之私忿也。"1180年4月，上《庚子应诏封事》，朱子批评宋孝宗，"欲治军，则军政日紊；欲恢复土宇，则未能向北以取中原尺寸之土，欲报雪仇耻，则未能系单于之颈而饮月氏之头也。"1188年8月，上《戊申封事》，朱子又提出六项急务之策，并以生命作保，说如果能够按照其计行事，"中原不复，仇虏不灭，则臣请伏铁钺之诛以谢陛下。"朱子始终认为南宋衰败的根本原因在于"讲和"。"迷国嗟谁子，和戎误往年。"赵构、秦桧的"绍兴和议"与赵构、赵昚父子的"隆兴和议"，成了南宋史上最屈辱、最丑恶、最让人仰天长叹的两大事件。朱子在给吏部侍郎陈俊卿的信中写道："阻国家恢复之大计者，讲和之说也；坏边陲备御之常规者，讲和之说也；内咈吾民忠义之心，而外绝邻国来苏之望者，讲和之说也；苟逭目前宵旰之忧，而养成异日宴然之毒者，亦讲和之说也。"

面对山河破碎，屡战屡败的南宋，朱子深感"终无以少塞臣子之责""腐儒空感慨，无策静狼烟"。一介书生，无职无权，且"衰病零落"，手无屠龙之技，不能横刀立马阵前。"借箸思人杰，催锋属少年。"1163年，朱子入朝上下奔走两个多月，推动抗金未见成效，好友韩元吉称他此行"诋诃百事推圣学，请复国仇施一怒。"朝廷却给他开了个玩笑，让他担任武学博士一职，但要待次四年。武学博士之职是"以兵书、弓马、武艺诱诲学者"，这绝不是用朱子之所长，而是要他离朝闭嘴。然而朱子并不是"平日袖手谈心性，临危一死报君王"如他自谦的"腐儒"，而是善于经世致用的干才，包括对军事上的研究。他曾向朝廷提出恢复中原的战略："表里江淮，合战守之计以为一，使守固而有以战，战胜而有以守，奇正相生，如环之无端，持以岁月，以必复中原，必灭胡虏为期而后矣。"他还向抗金元帅张浚进献了分兵进取中原大计：金兵进击江南目前只沿淮河岸边布置兵防，我朝完全可以避实就虚，分军进击。一部分将士挺进关、陕，金兵肯定奔防关、陕，我朝又分一路军马到西京，又分军马往淮北，金兵也会随之拥兵防御；至于其他地方，金兵就虚弱了。我朝再沿海道乘海而上，金兵又不得不分拨兵力用于海防。我们再拣出几万的精锐之师，乘他们兵分之计，由海上直入山东。只要占据山东，金兵就被拦腰截断。此时，策划沦陷区的豪杰，让他们呼应起来，则大事可成。好一盘规划严整，思路清晰的战略棋局。只可惜朝廷"和议已决，邪说横流，非一苇可杭"。

与朱子满腔救国热情形成强烈反差的是朝廷不予待见。他一生奉祠13次，历时23年，无官无职15年。所谓祠官是有官之名而无实职，住处听便，俸禄减半。陆游曾叹曰："祠官冷欲冰。"与被授"武学博士"一样难堪的是，1187年朝廷差他主管南京鸿庆宫。当命令送来，朱子不禁百感交集，涕泪横流，口占绝句一首：

旧京原庙久烟尘，白发祠官感慨新。

北望千门空引籍，不知何日去朝真？

南京鸿庆宫坐落在河南商丘，为宋朝祖庙，供奉宋太祖、太宗。主管宫事的人员，不是皇帝贵族、老臣，就是学识渊博、道德高尚之人。宋徽宗的堂兄弟赵令黎、宰相范纯礼、书法家米芾、词人周邦彦、博士游酢，均担任过此宫提举。按理一再自请奉祠的朱子，再加一个闲职也无大碍。问题在于此时南京（商丘）早被金人占领，沦于烟尘和腥膻之中。北望宫祠空有谱牒和门人引导，何日才能前往祖庙拜谒大宋的列祖列宗呢？从这年开始直到1196年落职罢祠，朱子共四次主管无法前往到职的南京鸿庆宫。偌大的南宋官场已容不下他瘦削的身影，他怎么不悲从中来？

朱子的抗金思想不是心血来潮般的冲动，而是成系统的深思熟虑。他不是就军事谈军事，在《戊午谠议序》和《戊申封事》中，对南宋的政治、经济和军事几乎是做了全面的总结分析，历数朝野上下种种痼疾，提出了相应解决的方案。他认为将败在千里之外而根却在庙堂之上。首先皇帝要正心诚意推行儒家圣学这一天下大本。他提出的"辅翼太子、选任大臣、振举纲维、变化风俗、爱养民力、修明军政"等六大急务，不啻是拯救南宋"盖无一毛一发不受病者"的"大承气汤"。他是坚定的主战者，又是作战派中的清醒者。他权衡战事后期宋金力量对比，认为光复中兴的大好时机已被两次"和议"丧失殆尽，因此，审时度势地提出正本修正，裕民持守数十年后再向北用兵。这与其好友抗金名将辛弃疾的观点几乎一致。用现代的语言来说，他既坚定地反对"议和"的"投降论"，也理智地反对不切实际没有准备的"速胜论"，他说的是"论持久战"。

朱子的天理史观，决定了把收复中原的全部希望寄托在皇帝身上。"故人主之心正，则天下之事无一不出于正；人主之心不正，则天下之事无一得由于正。"他的诗里北望"朝真"，其实是临安帝宫中的当朝皇帝。身陷"庆元党禁"案中，他最大的痛苦是报国无门。他给友人的信中哀叹："阴邪表里，欺天罔人。方此之时，不能昂首一鸣，以期开悟，而德为蓄缩自全

113

之计，永负臣子之责矣，奈何、奈何！"既然道学成了禁区，忠言无处逆耳，只能将全部身心付诸诗文。"履薄临深谅几无，且将余日付残编。"长啸短吟，著书立说，企望藏之名山，传之后人。

朱子诗文研究和探索就这样阴差阳错地恢复起来，构成了他晚年精神上的上下求索最为光彩的地方。当然文里诗外有其良苦用心，他借"文起八代之衰"的韩愈之文写作了《韩文考异》，巧妙地宣扬理学的宗旨：就是给自己邻居"聚星"亭子画像题赞，也不忘联想到东汉党锢中陈寔"吾不就狱，众无所恃"故事，告诫世人"课忠责孝""死国承家"，对当朝乱世进行堂吉诃德式的抗争。至于生命最后研究屈原的作品，撰写《楚辞集注》《楚辞辩证》《楚辞后语》和《楚辞音考》更是寓意深长。他把屈原作为"忠君爱国"的异代知己，当作"道学"精神的化身。"不甘强借三峰面，且为灵均作杜蘅"，无意中在儒宗的地位上又成就了自己文宗的地位。更重要的是他知道南宋的大限已到，自己的生命所剩无多，他要给子孙后人留下不屈的民族气节和不死的爱国精神。

圣人
如诗

国学天空

庚子之年过得有些长。

疫情突发，人宅外地。只有一机一书打发时光。手机刷得当天不充电不行，书也翻得边角都卷起。

书是《国学的天空》，作者乃台湾学者傅佩荣。说实话，前些年兰林和先生送过他的两本书，个中观点我并不苟同。此次专注此书，半是书好中看，半是身边无书可读。

《国学的天空》实际上是傅先生的演讲稿。一百三十七讲，每讲八分钟，居然把儒道两家学说讲了个清楚，孔子、孟子、老子、庄子说了个遍。他自信满满地认为："可以肯定地说，我没有错过任何一段重要的部分。"

傅先生深入浅出释理。每个命题都联系社会生活实际。我读过钱穆、余英时、陈荣捷等一大批学者的著作，没有人比他把国学讲得更为通俗流畅了。中国社科院中国哲学研究所主任李存山说："傅先生对于国学研究是很有功力的学者，他的学术成就非常高，尤其是把国学讲得那么生动而又贴近人心，实属难得。"读他的书，没有晦涩艰深的感觉，尽是生动而又现实。

通俗不等于肤浅。傅先生对许多人们耳熟能详的经典提出了自己独到的

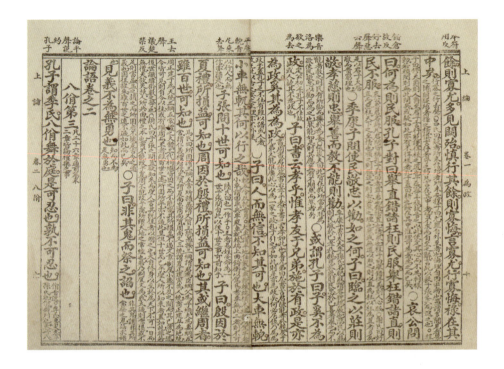

见解。

比如"克己复礼"，老生常谈的是克制自己的愿望，使言语行动合于礼。傅先生则更正为："能够自己做主去实践礼的要求。"他认为"克己"就是能够自己做主。

比如"人之初，性本善"。他断定这不是孔子说的，也不是孟子所言，而是宋以后新儒学家们概括出来的。其中的"本"应改为"向"，即儒家主张人性向善，人之初，性向上。

凡此种种结论，让人耳目一新。也许与他海外求学和翻译经历有关，让他能够站在中西文化的制高点上来诠释国学的意义。著名学者周国平说："先生做到了两个打通。其一，打通各个领域；其二，打通中西哲学。"读他的书没有俗不可耐的感觉，有的是深邃而辽阔。

就这样，一边与古代圣贤对话，一边关注疫情发展；一厢参悟生老病死的秘密，一厢透视世间人生百态。多少有些感慨，于是札记成篇。

逆行孔子

一个名词响彻庚子之年——"逆行者"。

有人说，过去打仗是冒着敌人的炮火前进，此次战疫却是负重逆行。

一切都反转了，从疫情暴发的那一刻起。除夕天下团圆，变成几多分手离散；年夜狂欢街头，有如水洗过的寂静；美丽被口罩勒出痛苦的模样；大年初一的休闲成了最高层部署的紧张；年中走门串户被视为"大逆不道"；就连春节的问候也换成了"你安好，我无恙"。

手机中，我看到了钟南山在工作车上的困倦，白衣天使奔赴武汉的风尘，军人行进中的铿锵步伐，一线医护人员与儿女的隔空拥抱，社区居委会大妈的忙碌……这个春节，人们不再注意腊梅几时开放、水仙是否迎风摇曳，逆行者是庚子之年最为动人的风景。

目光又转到书上，透过傅先生著作的字里行间，我仿佛看到圣贤们艰苦跋涉的身影。一念突起——他们也是时代的逆行者，走在最前面的无疑是孔子。

谁理解孔子？傅先生发问。这个问题很难回答，就连孔子自己都说："莫我知也夫！"没有人了解我啊。"知我者其天乎！"了解我的，大概只有天吧！

孔子究竟是怎样的人呢？"子温而厉，威而不猛，恭而安。"钱穆理解为"圣人中和之气"。其弟子子贡则说："夫子温良恭俭让。""盖孔子一言一行，皆平实圆满，绝无奇异偏僻，虽若人人常识所能言，而自为人人日常践行所不及。"

却原来，孔子也是平凡中人。三岁父亲叔梁纥去世，十七岁母亲又离他而去。年轻时，以管理仓库、牧场，还有承办丧礼为业。如其所言："吾少也贱，故多能鄙事。"然而通过自己刻苦努力，最后成为圣人。"吾十有五而志于学，三十而立，四十而不惑，五十而知天命，六十而耳顺，七十而从心所欲，不逾矩。"七十三辞世。

本来，孔子做个教育家就可以了。孔子学而不厌，同时诲人不倦，开启了平民教育的先河，拥有弟子三千，贤者七十二。他们中在德行、言语、政事、文学等"孔门四科"方面都大有成就。他完全可以为自己的学生自豪，生活过得安逸而自尊。傅先生还为我们订正一个错误，《论语》中载，"子曰：'自行束脩以上，吾未尝无悔焉。'"过去总译为，只要交了十束肉干学费，我是没有不教的。其实这错了。孔子本意是指可以行束脩之礼的人，即十五岁以上，我都愿意教诲。傅先生十分幽默地算了笔账，孔子如果收学费，每人送十束肉干，那就有三万束，他怎么消受？

本来，孔子做个政治家就可以了。他拥有足够的智慧和基层公务员的经历，他愿意甚至很想当官。子贡有次问先生："假设这里有块美玉，那么是把它放在柜子里藏起来，还是找一位识货的商人卖掉呢？"孔子答："沽之哉！沽之哉！我待贾者也。""卖掉吧！卖掉吧！我是在等待好的商人呢。"这里的"贾"，代指有眼光的政治领袖。孔子希望得到贤明君主的重用。事实上，孔子在鲁国当过中都宰（县长）、小司空（工程部门副长官）、司寇（司法部部长），最后位列大夫，且政绩突出，一生中有很多升官的机会。只要他不要坚持自己的主张，或者变通一点，完全可以成为一人之下万人之上。

本来，孔子做个艺术家就可以了。他虽然不是科班出身，却拥有众善之长，集儒学"六经"和"六艺"于一身。他十分赞赏曾子的"浴于沂，风乎舞雩，咏而归"的志向，希望与他一样过着悠闲愉快的生活，"与大自然的韵律相摩相荡，自得其乐，任意逍遥，没有烦恼忧愁。"

他本可以作为史学家、文献家、战略家、纵横家，但他什么都是，什么都不是。

他有他的理想，要把"天下无道"变为"天下有道"。"大道之行也，天下为公。选贤与能，讲信修睦。故人不独亲其亲，不独子其子，使老有所终，壮有所用，幼有所长，矜、寡、孤、独、废疾者皆有所养，男有分，女有归。货恶其弃于地也，不必藏于己；力恶其不出于身也，不必为己。是故谋闭而不兴，盗窃乱贼而不作，故外户而不闭。是谓大同。"后人把这理想归纳成三句话："老者安之，朋友信之，少者怀之。"钱穆赞道："盖以人类全体为其向往之标的，其精神之伟大可见。"

孔子选择了一条艰辛的道路，并为生前生后许多人所不解。《论语》中多次提到困窘和尴尬。周游列国时，问路无着，相邀不见，冷嘲热讽，不解不怜，甚至两度面临生命危险。最伤人自尊的是，子路与先生走散，遇到一位除草老人，便上前打听先生，老人说："四体不勤，五谷不分，孰为夫子？"

司马迁在《史记·孔子世家》里也讲到师生相寻的故事，只不过境况更惨："东门有人，其颡似尧，其项类皋陶，其肩类子产，然自以下不及禹三寸，累累若丧家之狗。"学生子贡如实告知孔子。孔子听后说："对呀！他说的没错，我就是丧家之狗嘛！"傅先生说这是孔子幽默的表现，我则认为把其理解成自嘲似乎更为确切。

与其后来的灾难相比，生前的遭遇只能称"隐者之讥"般小事一桩。二十世纪初的"新文化运动"，举世捣毁"孔家店"，圣人被称为"孔老二"；二十世纪中叶，全国掀起"批林批孔"运动，"红卫兵"连他的坟墓都不放过。

与其所受的人身攻击相比，最大痛苦是理想抱负不能实现。临终前，

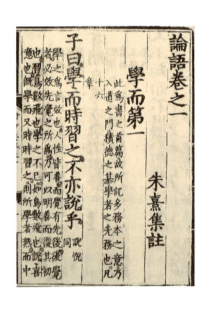

闻说有人在鲁国西边打猎捕获麒麟，孔子放声痛哭。因为麒麟是仁兽，天下太平圣人行道时才会出现，他感慨自己所追求的大道将很难实现了，于是绝笔，不再编写《春秋》。傅先生在著作中专设一章写《孔子想移民》，根据就是孔子说的那就话："道不行，乘桴浮于海。"孔子是鲁国人，如果移民的话，一渡海也就到了今天的朝鲜半岛。难怪我去韩国时，听到了孔子是他们的议论。好在孔子只是以此感叹大道难行，并未成行，否则今日孔子的归属将成为"国际纠纷。"

《论语》借隐喻者之口道出了孔子行走的坚韧，"知其不可为而为之。"他完成了人生最大的逆袭。他继往开来，总结了他之前1500年的中华文明的积极成果，以身教和言教开启了中国最具影响力的儒家学派，自己则成为2500年来最伟大的"至圣先师"。有人说他是"木铎"，唤醒苍生；有人说他是指路明灯，"天不生仲尼（孔子字），万古长如夜"；我则认为，他是时代的"逆行者"，将真善美注入了中华民族的肌理和血脉。

又是华灯初上，窗外的街头安静如许。视线又从书本移到手机上，看到

一幕幕抗"疫"的动人事迹，联想到西方人反对"禁足令""封城令"的种种表现，忽然觉得表现良好的中国百姓个个都是小小"逆行者"，因为我们身上都有中华传统文化的基因。想到这里，情不自禁地在手机上写下几句：

　　　　不说岁月静好，

　　　　因为有人负重前行。

　　　　不说除夕天下团圆，

　　　　因为人间有太多神圣的离散。

　　　　不说中国永不言败，

　　　　因为这个民族经历过五千年的磨难。

善人孟子

　　庚子之年，善行义举有如春天里的山花漫坡遍野盛开。

　　武汉人不无悲壮地"封城"抗"疫"；韩红像她的歌声一样高调义捐；马云也鼎力支持了国内；方舱里的医患史无前例的同场歌舞；久违和气的中日之间，因为一句"山川异域，风月同天"，善心仁意顿时注满了诗情。

　　此时，我正在读傅佩荣谈论孟子的文章。

　　关于孟子，也许人们最为熟悉的是其母教子的故事：

　　"昔孟母，择邻处；子不学，断机杼。"

　　也许，人们还熟悉孟子创造的成语和典故：

　　"赤子之心""一曝十寒""缘木求鱼""事半功倍""五十步笑百步""流连忘返"。

　　也许，人们更熟悉孟子的豪气，就像他曾引用曾子的话，危难关头，"虽千万人，吾往矣"：

　　"富贵不能淫，贫贱不能移，威武不能屈，此之谓大丈夫。"

　　抑或，"故天将降大任于是人也，必先苦其心志，劳其筋骨，饿其体肤，空乏其身，行拂乱其所为。"

　　不过，也许人们并不熟悉，孟子还是性善之义的发明者。

　　钱穆先生指出："性善者，孟子学说精神之所在。不明性善，即为不知孟子。"朱子说:"孟子见人,即道性善,称尧舜,此是第一义。"要了解什么是善,看来非读《孟子》不可。

有人说,孟子师从孔子孙子子思的门下,更多人说孟子是子思门下的门下。不过,这并不重要。孟子最忠实地继承孔子的衣钵,以至于道统在他身后中断了千年,直到宋儒出现后才得以续上。孟子距孔子100多年,但排位却可以进入大成殿,与孔子共享后世香火,被人们誉为"亚圣"。

孟子与孔子思想一脉相承,生世经历也十分相似:都是三岁失去父亲,由母亲抚养长大;"道既通"后,也仿孔子周游列国游说其理想;"道不行",于是退老山野,与弟子著书明志,终成千古名卷《孟子》。在朱子努力下,名卷又成为"四书"之一,从此天下之人无不读其书。如果说孟子与孔子有什么不同,那就是他活得更久,终年84岁。

孟子言善、行善并不是针对某个人、某件事。他既把善心放大到极致,又将善心提升到前所未有的高度。他用善来治理天下,要求整个国家推行"仁政"。他劝梁惠王正确处理义和利的关系,从经济政策入手,让百姓丰衣足食,养生送死无憾,这才是"王道之始"。只有"与民偕乐",不是"独乐乐",而是"众乐乐",国家才能富强。他劝齐宣王,要把爱禽兽之心推广到百姓身上,施之以"养"和"教","乐以天下,忧以天下",则上下同心,各得其所。他劝滕文公,不要因为腾国夹在齐楚之间且是个小国而害怕,只要施之以仁政,自强不息就能自立。孟子拥有丰富的学识和人生经历,更拥有机敏的思维和雄辩的口才，无论与国君谈论什么，他都能转到"仁政"的宗旨上来，再枯燥的话题他都讲得生动无比，从而为后世留下了许多成语格言。

孟子言善、行善的立足点不是天马行空，而是俯首大地，躬身为民。他的"仁政"主张与"民本"思想紧密相连。那段"民为贵，社稷次之，君为轻"名言，历朝历代被人们反复引用。国君、社稷都可以改立、更换，只有老百姓是不可以更换的。有大师总结："今再综述孟子论政思想，要不出两大纲，一曰'唯民主义'。舍民事则无政事，而尤以民生为重，一也。二曰'唯心主义'。为政者当推广吾心之仁，以得民心之同然，而归报于天下些仁，二也。"两千多年前，在那个君权至上，神权威显的时代，能够蔑视君权和神权，响亮提出"民贵君轻"的"民本"思想，其勇气和卓识多么难能可贵，其善心仁意足可感天动地。

孟子的理论和实践都是以善作为基础的。什么是善？在我看来，孟子言善包含以下几个方面：

善是人与动物的区别。孟子有段人禽之辩很精彩："人之所以异于禽兽者几希，庶民去之，君子存之，舜明于庶物，察于人伦，由仁行义，非行仁义也。"孟子认为人与禽兽不同的地方，只有很少一点点而已，一般人丢弃了它，君子保存了它，舜了解事物的常态，明辨人伦的道理，因此顺着仁与义的要求去行动，而不是刻意要去实现仁与义。孟子虽然在此未直接说明人与动物区别在哪里，但综观孟子的思想可以看出善是个重要标志。孟子在另一处说道："由是观之，无恻隐之心，非人也；无羞恶之心，非人也；无辞让之心，非人也；无是非之心，非人也。"这四心无不以善为基础。正如傅佩荣先生指出的那样："善也是人所特有的问题。"

善是人的本性。人性向善，人可为善。孟子举了很多浅显的事例说明向善之心人皆有之，像流水向下、半山草木、"孺子入井"等。其中"孺子入井"让我印象深刻："所以谓人皆有不忍人之心者，今人乍见孺子将入于井，皆有怵惕恻隐之心。"见到小孩快掉进井里，心里都会感到惊恐、怜悯，并非想跟小孩的父母作朋友，也不是想被乡党别人称赞，更不是不喜欢小孩的哭声。人们会没有任何目的、理由，纯粹是自动自发地对"孺子入井"感到不忍与不安，这就是善。后人陈澧云："盖圣人之性纯乎善，常人之性皆有善，恶人之性仍有善，而不纯乎恶；所谓性善者如此，所谓'人无有不善'者如此。"

善是价值选择。善是人生最高价值观。孟子认为，身体是"小体"，心是"大体"，人与动物共同具备的是"小体"，而人所特有的是"大体"。因为心有四端，由此发展扩大为"仁义礼智"四种善。"从其大体为大人，从其小体为小人。"成为大人，就能"居仁由义""仰不愧于天，俯不怍于人，实现人生最大的价值，保持并发展善心"，足以保四海，否则，"不足以事父母。"

善是永恒的追求。儒家纲领之一就是"止于至善"。行善是无穷的要求，不能有所间断；行善没有终点，不能满足于点滴。因为人的潜能无限；因为人性总是向善的。孔子曾说："善人，吾不得而见之矣；得见有恒者，斯可矣。"我没见过善人，只要见到有恒心的人就够了。生命充满向善的动力，只要坚持，人人皆可以成为尧舜。正像毛泽东同志所说，人做点好事并不难，难的是一辈子做好事。

孟子性善理论的本质，钱穆先生从现代角度作了精辟提炼："若从别一端论之，则孟子性善论，为人类最高平等义，亦人类最高自由义也。人人同有此向善之性，此为平等义。人人能到达此善之标的，此为自由义。凡不主人类性善之论者，此皆不主人类有真平等与真自由者。"钱穆大师的这番话，好像是针对某些西方国家当下的所作所为专门而说。

正当全球共同面对"新冠"病毒之时，一些西方发达国家首脑政要浪费因中国所做的牺牲赢得抗"疫"最佳"窗口期"，既没有同情支持中国的抗"疫"，又无视本国人民健康和生命，及至"疫"情泛滥，却把责任"甩锅"给中国，毫无根据地把"疫"情发生地当成病毒的发源地，甚至厚颜无耻地提出"赔偿损失"，就连中国无偿对他国的支持也被贴上不怀好意的标签。在他们心中只有"选票"和"连任"，只有一己、一党，最多一国的私利，什么善良和道义都可以不顾。

善行义举从来就是检验一个国家的文明的尺度，同时按大师所言，还是平等自由的标志。"疫"情就是一面明镜，把这些国家的"实用主义"丑恶面目打回原形，暴露了所谓的"自由、平等、博爱"普世价值观的虚伪。难怪有人说，没有善良和道义，这些国家精神已死。

马云先生说得好："仇恨不会让你强大，感恩、善良是最大的自信，也是最大的能量。"行善是美的，也是快乐的。傅佩荣先生认为，孔子主张人文之美，而孟子则主张人格之美。孟子把这美的境界描绘为六种："可欲之谓善，有诸己之谓信，充实之谓美，充实而有光辉之谓大，大而化之谓圣，圣而不可知之谓神。"孟子所说第一种境界是"喜"，人性向善，把善看作值得喜爱的行为；第二种境界是"信"，在自己身上真正做到了善；第三种境界是"美"，在任何时候任何地方对任何人都可以善；第四种境界是"大"，不仅自己行善，还能发出光辉指引别人与你同行；第五种境界是"圣"，能够产生感化百姓的力量化民成俗，改造社会；第六种境界是"神"，内心达到"神秘莫测""不可思议""赤子之心"的层次，善在心中已是生命的自觉和圆满。

孟子言善、行善，其目的不外两种："启迪吾人向上之自信，一也。鞭促吾人向上之努力，二也。故凡无向上之自信与向上之努力者，皆不是从与知孟子性善论真义。"孟子说："天之生此民也，使先知觉后知，使先觉觉后觉也。"天生育这些百姓，就是要使先知道的去开导后知道的，使先觉悟的去启发后觉悟的，从而善行天下，实现真正的平等和自由。

这让我想起了一段话：

用一棵树去摇动另一棵树，

用一朵云去推动另一朵云，

用一个灵魂去唤醒另一个灵魂。

大夫老子

这个世界"病"了，绝不仅仅是"新冠"疫情。

与肉体上承受的折磨相比，更痛苦的是种种精神疾病。

什么时候，都没有像当下突显医护人员的宝贵。什么职业，都没有以生命相托更为重要。

此时读老子，愈发觉得他是一位顶尖的"大夫"，一位医治心灵的世界级高手。

南怀瑾大师对儒道佛三家作了形象的比喻：佛家像是百货店，里面百货杂陈，样样俱全；佛家是讲出世的，精义在于"睡眠"。儒家是粮食店，是天天要吃的；儒家是讲入世的，精义在"工作"。道家则像药店，不生病可以不去，生了病非去不可；道家在出世入世之间，精义在"生活"。

老子是这个千年药店的创始人和首位坐堂"医师"。

现在我们一提道家，都是"老庄"并称，但在汉朝初年，人们都说是黄帝与老子的学说。黄帝的代表作就是《黄帝内经》。据此有人称"医道同源"。清代词人纳兰容若称，以一种药医治一切病症，叫道；以许多药物合起来治疗一种疾病，叫医。医术叫以说是道的余绪。

有关老子的一切都很神秘，仅身世就有多种说法，较为认可的是：老子——楚国苦县曲仁里人，姓李，名耳，字聃。钱穆大师却不同意，认为李耳应是离耳的讹传，原义只是指长耳朵的老者。还有人则说周王室的太史儋就是老子。

　　老子在周王室的藏书室担任过史官，相当于周朝的图书馆长。有人断言，他肯定受过高等教育，所以学问广博高深了得，治疗心灵"医术"了得。孔子经过周都，曾"问礼于老子"。老子说，君子如果遇到合适的时机就出仕作为，时机不对就与世俯仰，不要一天到晚老是充满斗志想要成就功业。这样其实无益于自身，恐怕也不容易活得久。孔子告辞后，对弟子们说："吾今日见老子，其犹龙邪！"

　　老子真像"乘风云而上天"的龙，且既不见首又不见尾，"迎之不见其首，随之不见其后"。

　　老子在周都住了很久，见周王室衰落就骑着青牛西出函谷关。关令尹喜曰："子将隐矣，强为我著书。"于是，老子连夜写出了《道德经》，即《老子》，洋洋洒洒五千言。

　　历史真实可不那么简单。《道德经》不可能一夜写成，究竟是一人写，还是几人合著，至今也没有确定。郭沫若就认为"毫无疑问成于后人之手，其中虽然保存有老聃遗说，但都是'发明旨意'式的发挥"，并非如《论语》那样比较实事求是的记述。随着考古发现，其书除了通行本外，还有马王堆帛书本和郭店楚简本。历代以来对《老子》的注解可谓汗牛充栋。它是中华文化经典中被翻译到国外最多的，共有两百多种。傅佩荣先生介绍："连俄国文豪托尔斯泰和德国的大哲学家海德格尔都翻译过《老子》。可惜海德格尔不懂中文，只翻译了前八章就译不下去了。因为中国学者给他的解释，每个人都不一样，最后只好不欢而散。"

老子给人世间的"药方"《道德经》言简意赅，甚至可以归纳成一个"道"字，但又深奥无穷，"玄之又玄"。"道"不可道。

"有物混成，先天地生。寂兮寥兮，独立而不改，周行而不殆，可以为天下母。吾不知其名，强字之曰道，强为之曰大。大曰逝，逝曰远，远曰反。"

有一个浑然一体的东西，在天地间出现之前就存在了。寂静无声啊，空虚无形啊，它独立长存而不改变，循环运行而不止息，可以作为天下万物的母体。我不知道它的名字，勉强叫它作"道"，再勉强命名为"大"。它广大无边而周流不息，周流不息而伸展遥远，伸展遥远而返回本源。

你看，连老子本人对"道"都不可言状，翻译成白话文后，读者还是云里雾里。我翻阅了许多书，觉得还是王蒙先生讲得机警通俗："中国精英的神概念中，首推'道'字。在老子那里道是世界的本原与归宿，是世界万物的根本规律，是万物的本质与综合，是万物的主"。

"如果你问：说了半天，'道'到底是什么？太好了，你已经有了道悟道感道性了，你说的'到底'就是道，道即'到底'，'到底'即道。"

王蒙认为，老子学说根本在一个"无"字，"无是到底，无是立德，无是大道，无是作为，无是哲学本体论方法论的基础……无是有的前提有的母亲。""有"一定会消逝、长远、返回为"无"，懂得了大、逝、远、返就是道性。而更重要的是，无中一定会生有。"依照这一理论，统治者要'无为而治'，不要妄为、妄言、妄议、妄论，一句话不要胡作非为。从无上下功夫，于治国理政而言，确实很难操作，但对于个人而言，却是更容易做到，即：无欲、无咎、无智、无矜、无败、无执、无私。"一句话学会减法。

我觉得读老子的学说，既要见树木，更要见森林。应从总体上把握其思想本质和一贯的立场。这样才不至于因为他的个别言论而曲解其意；同时还应把握老子思维的规律，理解其言论的特点才能知道他的苦心孤诣。

老子道其道，我认为有几个鲜明的特点：

其一，形象。老子善用天下之物说事，从人们司空见惯的自然社会现象中提炼出哲理名言，以此回答人世的难题，"治疗"人生的困惑，启迪大家的智慧。钱钟书大师说，《老子》所谓师法天地自然，不过是借天地自然来做比喻罢了，并不真以它们为师……这种出位的异想，旁通的歧径，在写作上叫寓言，在逻辑学上叫作类比。

比如，他以水喻道。"上善若水，水善利万物而不争，处众人之所恶，故几于道。居善地，心善渊，与善仁，言善信，政善治，事善能，动善时。夫唯不争，故无尤。"

最高的善就像水一样水。水善于帮助万物而不与万物争，停留在众人所厌恶的地方，所以很接近"道"。接着他总结了水的"七善"，以此证明如果在世界上给"道"找个参照物，非水莫属。后来苏辙解释老子此论，也从七种角度说明水"善利于万物而不争"的境界，断言人生任何一动一静，一言一行假如都能合乎这七种善，那么就能无往而不利。水确实很好地说明了道家在外好像是无为，事实上没有什么是做不到的主张。

王蒙说："读一点《老子》对我们有什么好处呢？好像变得聪明了一点，变得比别人深刻了一点，而且看事物看得远了一点。""就有点打不倒的那个劲……它更多的应是一种精神营养和精神上的一种抗生素、维生素，使我们更加强大，更加深邃。"傅佩荣认为有三种人学习《老子》会比较有心得，即年长的人、失意的人、聪明的人。

中国文人历来喜欢《老子》，作为苏辙兄弟的苏东坡就是其中一位。他在《前赤壁赋》中写道："惟江上之清风，与山间之明月；耳得之而为声，目遇之而成色。取之无禁，用之不竭。"个中不难看出老子对其影响。

其二，辩证。老子的言论充满了辩证法。在他那里，矛盾是普遍的法则。钱钟书大师指出，老子爱说"翻案语"：第一类意思相同或相合的，一"翻案"相同变成了相异。如"大音希声""大象无形"；第二类相违和相反的词，一"翻案"变成和谐无间了，如"大成若缺""大直若屈"；第三类一正一负两个词，一"翻案"变成了否定之否定，如"上善不德"。老子所谓的"正言若反"之"正"，乃是反反已成正之正。《太平御览》中舌头和牙齿谁更坚强是老子辩证思想的表现，而《塞翁失马》的故事则更为典型。

边塞老人的马不见了，邻居安慰他，老人应之未尝不是好事；马回来了，又带回几匹野马，邻居祝贺他，老人应之未尝不是坏事；儿子骑野马摔断了一条腿，邻居又安慰他，老人又应未尝不是好事。后来发生了战争，老人儿子因为残疾，不用去打仗，一家人过着平安的日子。

傅佩荣先生说道："谁是那位老人？老子。只有老子有这样的智慧，能够看到事物的整体性，看到祸与福是相生相克的。"

"祸兮，福之所倚；福兮，祸之所伏。熟知极，其无正也。"

灾祸啊，幸福紧靠在旁边；幸福啊，灾祸潜藏在底下。谁知道究竟是怎么回事？祸福是没有一定的。

老子的理论，"治疗"了多少失败者的绝望，化危为机东山再起；"治疗"了多少成功者的狂妄，居安思危，慎始善终。

其三，冷峻。老子的言论，冷静，决绝，经常极而言之。尽管心肠很热，立意高远。他的许多观点让后来者仁者见仁，智者见智，长期争论不休。最突出的当属"天地不仁"之说。

"天地不仁，以万物为刍狗。圣人不仁，以百姓为刍狗。"

何为刍狗？根据庄子的说法，即指用草扎的狗。古代人祭祀祖先，刍狗被放在桌上，陪伴祖先。祭祀时，享受后人的跪拜和尊敬。祭祀后，丢弃于地，任路人践踏，随人捡去生火当柴。

对这句话的理解，傅佩荣先生和大多数注释家一样："天地没有任何偏爱，把万物当作刍狗，让他们自行荣枯。圣人们没有任何偏爱，把百姓当作刍狗，让他们自行兴衰。"

这段话让后人十分疑惑和反感。熊逸先生花数十码的书页进行诘难。

问题集中在"不仁"上。这是对中国人道德底线的挑战。有人说："这个道理看上去有点骇人听闻，稍微多想一想就会觉得毛骨悚然。"是啊！天地不仁也就罢了，难道圣人也不仁？老子呢？

不知道有多少专家学者为老子辩护。胡适说："似乎有天地不与人同性的意思。"钱钟书说："不仁有两种情况，第二种就是'麻木不仁'。"王蒙说："天地对待万物，圣人对待百姓都一视同仁，并不偏私，如加以改变，反而对谁都不好。"《老子〈想尔注〉》说："天地不仁，只是对邪恶不仁，对善良之辈却很仁慈。"熊逸说："我们应该注意一下《老子》惯用的修辞，它经常'言正若反'……这样梳理'天道无亲'和'天地不仁'竟然是一回事?！也就是说，'不仁'就是'大仁'。"还有人通过三个版本《老子》比较，认为许多观点无非是后人所加，一切有待新的考古发现而定。更多的人列举老子著作中的"天道无亲，常与善人""圣人常无心，以百姓为心"等论述来证明老子之仁。

不管怎样，各种注释和争论都丰富了老子的学说。熊逸先生不无自豪地指出："与其说是《老子》精妙阐述了宇宙的至理，不如说是宇宙一直在身体力行里向《老子》学习。"无论如何，"仁爱"是中华文化基因中的大本，哪家都触犯不得。

实际上，从老子思想的主干和根本立场看，老子的言论不过是极为冷静地解释了天地社会的"不仁"的客观性，用极端的语言告诫芸芸众生，无论是遇到自然灾害还是人为之祸，都不要沉溺其中。有如儒家的"毋意、毋必、毋固、毋我"。也像西方哲人所说，上帝为你关上一扇窗，必然会为你开出一道门。人们要顺其自然，减少欲望，善待万物，善待生活，善待自己。如此，就会没有或者减少人生的烦恼、痛苦和牺牲。

由此可见，老子"大夫"开出的心灵"药方"，辛辣苦口，却又是良方猛剂。

"疫情"像一把尺子，衡量着中西文化的不同。西方有些国家竟然提出"全体免疫法"，及放弃阻断病毒传播，让60%以上的人都感染"新冠"后，病毒会因为找不到人传染而自行消亡。另一个西方大国的首脑宣称，该国新冠死亡人数将达220万，如果控制死亡10万至20万之间，本届政府所做的防疫工作将是非常成功的。都什么时候了，还不忘给自己"政绩"贴金，用的是人民生命。有位新闻人物说，这要在中国，别说总统，就是一位居委会主任，这样说话非被喷、被骂、被赶下台不可。

需要纠正纳兰容若一点的是，中国人不仅仅是以一种药物治疗心灵的一切病症，道并不是道家的专利，儒家也讲道，只不过各有侧重。儒家强调伦理道德修养，道家则强调智慧的觉悟和解脱。有人提议，白天要像儒家那样入世，积极工作，晚上要像道家那样出世，洒脱无欲。正如一位伟人教导的那样：工作像高的同志看齐，生活向低的同志学习。实际上，诸子百家的理论，都可以说是中国人的"心灵鸡汤"。

了解了老子这一切后。相信重读《道德经》定有不同的感受：

　　道，可道，非常道；

　　名，可名，非常名。

　　无名，万物之始；

　　有名，万物之母。

逍遥庄子

"疫"期，文友相问如何？答曰，读国学，参生死。回电建议，读读庄子吧！可解心头"疫"情之重。

深入接触庄子，还得从早年叶焕先生所赠的书讲起。书名为《无奈与逍遥——庄子的心灵世界》，作者是北大哲学系主任王博。经宋毓宁先生介绍，我与王博教授通过两番电话。闻其声，观其书，径自觉得他真像庄子代言人。获赠的书是送者读过的，作了许多重点记号和眉批。将自己读过的书相赠，套用一句老话形容：疑义相与析，好书共欣赏。

本来对立的儒道两家历史上经常互怼。朱熹批评过老子阴险、刻毒、狡诈，奇怪的是对庄子却十分肯定。王博教授说，朱子评价庄子是"才极高、眼极冷、心肠极热。"

庄子才有几许高？

《史记》称庄子："其学无所不窥。"王博教授说，你若用"才高八斗"形容庄子，他会跟你冷笑；你若用天才形容庄子，他会跟你冷笑；你若用李白的"仙才"、李贺的"鬼才"形容庄子，他还会跟你冷笑。"庄子是什么才？庄子是不才之才""天下第一才子"。

庄子是哲学家，但他首先是大文学家。他的著作是"文学的哲学，哲学的文学"。

郭沫若先生曰："秦汉以来的每一部中国文学史，差不多大半是在他的影响下发展的，以思想家而兼文章家的人，在中国古代哲人中，实在是绝无仅有。"鲁迅先生曰："其云则汪洋辟阖，仪态万方，晚周诸子之作莫能先也。"钱穆先生曰："庄周真是一位旷代的大哲人，同时也是一位绝世的大文豪。你只要读过他的书，他自会说动你的心。他笑尽、骂尽了上下古今举世的人。但人们越给他笑骂，越会喜欢他。"

《史记》载："庄子者，蒙人也，名周。"而朱子则说庄周是楚人。冯友兰先生认为庄子是宋人，"然庄子之思想实与楚人为近。他自然继承楚辞想象丰富、情思飘逸的特点。"不知怎的，我读《庄子》眼前总会晃动着三闾大夫屈原的身影。

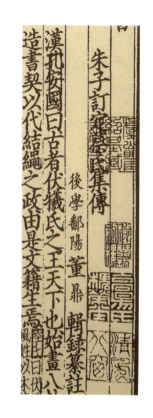

庄子的文采不仅表现在立意高远，想象丰富，情节荒诞，纵横跌宕上，更体现在述说的特别上。他自称："以天下为沉浊，不可与庄语；以卮言为曼衍，以重言为真，以寓言为广。"

庄子认为天下沉沦浑浊，不值得庄重地和它说话。只能以卮言、重言和寓言的方式述说。即借他人之口说，借古圣先哲或是当时名人之口来说，来停止各种争论，随心表达，有如"酒后吐真言"。这就是庄子的文风。

"庄子是一个把语言看透了的人"，因而能驾驭语言、游戏语言、超越语言。他能够"意出尘外，怪生笔端"，正邪两赋，亦庄亦谐。很多人说《庄子》"不经"，但又不得不承认它是"子书之冠""诸子之冠"。他说"六经"是"先王之陈迹""圣人不死，大盗不止""其利天下也少，其言天下也多""为善无近名，为恶无近刑"。就是对自己竭力推崇的"道"也开起了玩笑：东郭子追问庄子"道"在哪里？他答"在蝼蚁中"；再问，再答"在杂草中"；又再问，又再答"在瓦块中"；还再问，竟答"在屎尿中"。简直是"大逆不道"，东郭子不敢出声了。他很爱用"嘻"字语气词，极尽嘲讽之能事。真个是嬉笑怒骂皆成文章，"咳吐谪浪，皆成丹砂"。有人这样形容他的文字："极天之荒，穷人之伪，放肆迤演，如长江大河，滚滚灌注，泛滥乎天下；又如万籁怒号，澎湃汹涌，声沉影灭，不可控抟。"

"寓言十九"，庄子的言说十分之九是寓言。"三言"中，寓言占了核心的地位，上通《齐物论》，下通《天下篇》。大家对庄子的寓言故事并不陌生，诸如"庖丁解牛、井底之蛙、螳螂捕雀、浑浊之死、安知鱼乐、粘禅老人、朝三暮四、每况愈下、东施效颦"，等等。《庄子》第一篇《逍遥游》一开始就讲了个"鲲化为鹏"的寓言。

"北冥有鱼，其名为鲲。鲲之大，不知其几千里也。化而为鸟，其名为鹏。鹏之背，不知其几千里也；怒而飞，其翼若垂天之云。是鸟也，海运则将徙于南冥。南冥者，天池也。"

北海有条鱼，名字叫鲲。鲲的体型庞大，不知有几千里。它变化为鸟，名字叫鹏。鹏的背部宽阔，不知有几千里；它奋起高飞时，双翅张开有如天边的云朵。这只飞鸟，在海风大作时，就会迁徙到南海去。南海是个天

然的大池。

接着，庄子引用《齐谐》书里的话：当大鹏要往南迁徙时，水面激起三千里的波涛，它拍翅盘旋而上，飞到九万里的高空。它是乘着六月刮起的大风而离开的。

且不说庄子寓言中的主题高深，就是文字本身足以让人拍案称奇。王博教授说："读起来应该有一种感觉，磅礴的感觉，心潮澎湃的感觉。"庄子的寓言完全是主观臆想的产物，但它突破思维的界限。千姿百态的形象，变幻莫测的构思和汪洋恣肆的语言，构成一篇篇奇文。闻一多先生说："谐趣和想象打成一片，设想越奇幻，趣味越滑稽，结果便愈能发人深省——这才是庄子的寓言。"

庄子眼有几许冷？

还是回到《鲲化为鹏》的寓言："野马也，尘埃也，生物之以息相吹也，天之苍苍，其正色邪？其远而无所至极邪？"

云气跟野马一样奔腾，尘埃四处飞扬，都是活动的生物被大风吹拂所造成。天色苍苍，那是天空真正的颜色吗？还是因为遥远得看不到尽头的结果？

这个寓言还有个后续："蜩与学鸠笑之曰：'我决起而飞，枪榆枋而止，时则不至而控于地而已矣，奚以之九万里而南为'？"

蝉与小鸟笑大鹏，"我们一纵身就飞起来，碰到榆树枋就停下来，有时飞不高，落到地上也就是了，何必要升到九万里的高空，再往南飞去呢？"

晋朝郭象注日，大鹏，蝉与小鸟"大小虽差，各适其性，苟当其分，逍遥一也"。王博和傅佩荣先生都不同意这样的解释，认为它们不是同等逍遥，而是两种不同心灵，不同生命，不同生活的区分。只有像大鹏那样突破尘世的牢网，一飞冲天，提升生命，转化生命，才能让生命自由的飞翔，燕雀安知鸿鹄之志？台湾学者方东美先生经常爱说，庄子是太空人啊！

庄子站得很高，而高处不胜寒，其眼焉能不冷？

庄子一生贫困潦倒，经常告贷。平日里以编草鞋为生，偶尔到郊外打打猎，好让一家老小说补充营养。但他自视清高，决不趋炎附势。一生只当了个小小漆园吏，大概相当于现在的林场场长，还是个"漆园傲吏。"在其《秋水》著作中又讲了个故事。这次他把自己摆了进去：

"庄子钓于濮水，楚王使大夫二人往先焉，曰：'愿以境内累矣！'庄子持竿不顾，曰：'吾闻楚有神龟，死已三千岁矣，王巾笥而藏之庙堂之上。此龟者，宁其死为留骨而贵，宁其生而曳尾涂中乎？'二大夫曰：'宁生而曳尾涂中。'庄子曰：'往矣！吾将曳尾于涂中'。"

庄子垂钓于濮水。楚国国王派两位大臣先行前往致意："楚王想将国内的事务麻烦您啊！"庄子手拿钓竿头都没回说："我听说楚国有神龟，死时已三千岁了。国王用竹匣装着它，用巾饰覆盖着它，置于庙堂之上。这只龟啊，宁可死后留下骨甲而显示尊贵呢，还是情愿活着在泥里拖着尾巴爬行？"两位大臣说"还是情愿在烂泥里潜行曳尾"。庄子说："请回吧！我也愿在泥水里曳尾而行。"

《史记·老子韩非列传》也讲了楚威王重金"许以为相"，庄子宁愿"终身不仕，以快吾志"的故事，只不过其中"神龟"变成祭祀的"牺牛"。

庄子高傲如此，一人之下万人之上的职位都不入眼，其眼焉能不冷？

庄子和孟子同处于春秋战国时期，分别是儒道两家的"掌门人"。《史记》言庄子："然善寓书离辞，指类事情，剽夺儒墨，虽当世宿学不能自解免也。"文章精彩，议论剀切，特别喜欢剥儒墨之皮，即使是当时学识渊博的学者也不放过，但他却放过了孟子，同样能言善辩的孟子也没有对方的只言片语。这成了中国思想史上一桩著名公案。朱子认为庄子是在"僻处自说"。确实天南地北，相隔遥远，各说各的，便相安无事；有人不同意，两家是间接论战，儒家批评老子，道家骂了孔子，只将矛头对准师傅，"擒贼先擒王"，弟子不问；又有人说，庄子虽然对尧舜孔大加挞伐，实质上是"小骂大帮忙"，如苏东坡所言："阳挤而阴助"，剑之所指不过是那些伪儒、腐儒、陋儒，骨子里对孔子儒家尊重得很；还有人说，儒家当时最大的敌人是杨朱墨翟，"天下之言不归杨则归墨"，孟子不能四面出击。因而对庄子"手下留情"；更有人干脆断言，庄子就是杨朱。这样所有的争论就毫无基础了。

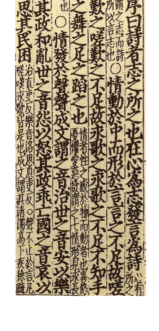

当我们了解了庄子的生活方式，就能得出结论。王博教授认为，"庄子一生的生活方式基本可以说是隐士的生活方式。"但他又不同于一般的隐士。"庄子在某种意义上讲的是以狂人自居"，就像他作品中的"楚狂接舆"，就像李白，"我本楚狂人，风歌笑孔丘"。李白是诗化了的庄子。不过，庄子之狂"跟一般人的疯狂很显然是不一样的。他的狂是一种非常清醒的狂"。从这个角度出发，我很倾向一种观点，庄子之所以未与孟子交锋，那是因为他不需、不愿、不屑。

庄子本质上是狂人。目中无人，其眼焉能不冷？

庄子心有几许热？

孤独、傲慢、痴狂、逍遥，不是庄子的全部。不是朱子所说的："他会做，只是不肯做。"更不是清代吴文英所说的："虽不能忘情，而终不下手，到底是冷眼看穿。"梁实秋誉庄子："有学问，有文采，有热心肠。"

他有自由心。

"庄子的超越是君临绝对自由的精神世界。精神世界的帝王，其实就是有着不为任何事情束缚的自由生活之人。"日本京都人文学所长庄子研究专家福永光司如是说。

不要名，不要利，不要世俗，甚至不要自己躯壳——"堕肢体，黜聪明，离形去知，同于大道""乘天地之正，而御六气之辨，以游无穷者""泛若不系之舟"，独与天地精神往来。他向往的是怎样一个世界？"藐姑射之山，有神人居焉，肌肤若冰雪。不食五谷，吸风饮露。乘云气，御飞龙，而游乎四海之外。"来到无何有之乡，广莫之野；来到被称为樗的大树下，"彷徨乎无为其侧，逍遥乎寝卧其下。"找到人生之大本，找到自己的家。

"游"起来，"飞"起来是有条件的。王博教授就"逍遥游"三字分析其道理："逍"可以让我们想起"销"毁的销。销毁就是把所有的东西全部去除。"把不属于自己的东西给外掉，把那些应该忘记的东西全部忘掉"，这样，"才可以让我们飞起来，可以到一个比较高的地方"。"遥"就是远的意思，"所谓远离就是心远"，这样就可以摆脱一些无奈，找到真正的自我，获得自由的生活。"游"是一种心灵的状态，当你的心一无所缚的时候，你的生命就变成一个比较自由的生命。"游"是"逍"和"遥"的结果。

他有平等心。

庄子又讲了个《大仓稊米》的故事。秋水随着季节到来，千百条溪流一起注入黄河，河面顿时宽阔起来。隔岸望去，对面是牛是马都难以分辨，于是黄河之神河伯得意洋洋，以为天下所有的美好尽在自己。及至到了北海，朝东望去，却看不见水的尽头，于是对北海之神感叹说，还是你伟大，我这条简直不够看。海神却说："计四海之在天地之间也，不似礨空之在大泽乎？计中国之在海内，不似稊米之在大仓乎？"

　　四海存在于天地之间，不是像蚂蚁洞存在于大湖泊中吗？中国存在于四海之内，不是像小米粒存在大谷仓里吗？

　　张载说过，"大其心，则能体天下之物"，小天下，智慧出。2000多年前的庄子居然拥有与今天宇航员的共识，更难能可贵的是由此引出"以道观之，物无贵贱；以物观之，自贵而相贱"的重要观点。他站在超越自我和人类中心立场高度，拥有超越分别看待事物的眼光的道眼，认为天地万物人间世事有着各自的价值和意义因而应当平等视之，不能仅从对自己有利的角度来对待，应当拥有兼怀万物的胸怀。

　　所以，庄子说道在蝼蚁、杂草、瓦块甚至屎尿，一方面在说明"道"无所不在，另一方面则强调"道"无高低贵贱之分。

　　所以，庄子的著作浓墨重彩地写了超人、至人、神人、圣人、真人，同时还着意刻画了不少残疾人的形象。这些"畸人"在庄子的笔下，智慧和言行比正常人还正常，以致有些人误以为"槁项黄馘"的庄子可能是残疾人。王博教授开过一个玩笑，他曾建议中国残疾人基金会把《庄子》当作他们的圣经、宝典，因为"庄子对残疾人多厚道啊！讲了那么多，多好啊，多好

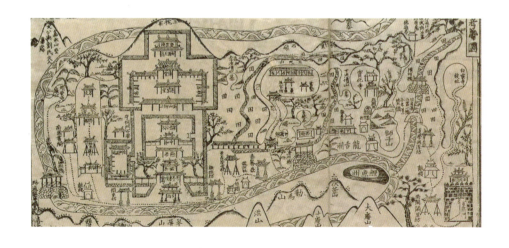

啊，他们的魅力真的长存啊！"

他有大爱心。

"《庄子》就是讲生命的一部书。""我们读的是庄子的生命，庄子对生命的理解。他怎么样来思考生命和世界的一种关系，他怎样来和这个世界相处。"

最能代表庄子生死观的当属"鼓盆而歌"的故事：妻子死了，好朋友惠子前来吊丧。庄子正蹲在地上，一面敲盆，一面唱歌。惠子大为吃惊："你不哭也就罢了，竟然还要敲着盆子唱歌，不是太过分了吗？"庄子却回答说：

"不然。是其始死也，我独何能无概然?察其始而本无生，非徒无生而本无形，非徒无形而本无气。杂乎芒芴之间，变而有气，气变而有形，形变而有生，今又变而之死，是相与为春夏秋冬四时行也。人且偃然寝于巨室，而我嗷嗷然随而哭之，自以为不通乎命，故止也。"

妻子刚死时，我又怎会不难过呢？可是我省思之后，察觉她起初本来是没有生命的，不但没有生命，而且没有形体，不但没有形体，而且没有气，然后在恍恍惚惚的情况下，出现了气，气再变化出现形体，形体再变化出

144

现生命，现在又变化回到了死亡。就好像春夏秋冬四季运行一样，这个人已经安睡在天地的大房屋里，而我还跟在一旁哭哭啼啼。我以为这样是不明白生命的道理，所以停止哭泣啊！

庄子放浪形骸的背后，是对生命的深刻理解。人承受形体而出生，就执着于形体的存在，直到生命的尽头。它与外物相互斗争不能停止。实际上，人有生老病死，自然界有交替荣枯，未始有物，有开始就有结束，只有无始无终、无象无形、无处不在的道是不变的。它是万物的根基，又是个整体。既然如此，庄子建议，人要形如槁木，心如死灰，消除欲望和执着，不受外界干扰，求得心灵的平静和自由。为此，就要努力突破生命的种种限制，转化提升心灵和生命，直到"天地与我并生，而万物与我为一"的境界。这样，与"道"合一就能逍遥游于天地之间，生命永恒，闻一多说："他的思想本身就是一首绝妙的诗。"

庄子惊世骇俗的后面，是对社会现实的严肃思考。春秋战国群雄并起，战乱频仍，民不聊生。儒家虽然强势入世要拯救世道人心。庄子不认为儒家的学说能够解决问题，"人间世""行路难"，福永光司说，"他周密且冷静地凝视世间之人，精确且切实地观察世俗社会。最终，在这凝视与观察背后，他捕捉到的是一个被紧紧束缚动弹不得的生命，是人们不堪的现实。"既然无奈，那就转向生命，转向自己，既然我们无法改变世界，那就改变自己。王博教授说："庄子在干什么？其实他就是一直在给人类寻找精神的家园，找到一个安放灵魂的地方。"他要让世人如何在一片混乱中保持心灵的安宁与清静，如何在丑恶世界中保持内心的自尊自爱，如何在无逃乎天地之间的险恶中游刃有余地养生，以尽天年。钱穆大师这样评价他："庄周的心情，初看像悲观，其实是乐天的。初看像冷漠，其实是恳切的。初看像荒唐，其实是平时的。初看像纵恣，其实是单纯的。"庄子心肠之纯、之热。著名学者鲍鹏山先生讲得更为明白，当我们无路可走的时候，幸好还有庄子。

电视新闻的播报中断了我读写庄子。"世卫"组织总干事谭德塞说:"新冠"病毒将与人类相伴数十年。"疫"情的反反复复,长无尽头,一直在折磨着全世界的神经;而一些西方国家,为了"选情",为了一己之利,转移国内矛盾,蛮横无理地破坏国际规则和秩序,更让人们担忧和不安,焦虑的情绪在滋长蔓延。此时读读庄子。会像炎炎夏日遇见汩汩而出的清流,静下心来,从而相信那位伟人所说的话:"道路是曲折的,前途是光明的。"

2018年,有一首名为《一百万个可能》很火,后来这首歌改为《梦蝶·一百万个可能》,上了央视的《经典永流传》。令人意外的是,演唱者竟然是一位美国姑娘——克里斯汀。她将"庄周梦蝶"的意蕴用歌声演绎得淋漓尽致。她说,庄周是中国最浪漫的男人。现在就让我们走进她的歌声——

> 昔者,庄周梦为蝴蝶,
>
> 梦着,栩栩然蝴蝶也,
>
> 飘着,蝶不知周也,
>
> 醒着,则蘧蘧然周也,
>
> 觉着,周与蝶必有别,
>
> 想着,翩翩游寒野。
>
> 在一瞬间,有一百万个可能,
>
> 该向前走,或者继续等……

圣道
亦诗

五夫友道

"假如朱熹未被托孤五夫朋友？"我同研究朱子文化颇有心得的马照南先生谈论起这个话题，两人生出许多设想和感慨。

1143年3月24日，朱松病重不治。弥留之际，修书给崇安五夫里奉祠在的家刘子羽，郑重地将身后家事托付，同时对年仅14岁的朱熹说："籍溪胡原仲（胡宪）、白水刘致中（刘勉之）、屏山刘彦冲（刘子翚），此三人者，吾友也。其学皆有渊源，吾所敬畏。吾即死，汝往父事之，而唯其言之听，则吾死不恨矣！"刘子羽闻讯赶来，朱松要朱熹拜刘子羽为义父，跟随他到五夫生活、学习，并将灵柩运往五夫安葬。从此，朱熹与武夷山结下琴书五十载的缘分。

刘子羽和武夷三先生果然不负朋友之托，将孤儿寡母的生活精心安排。刘子羽在给刘勉之的信中写道："于绯溪得屋五间，器用完备，又于七仓前得地，可以树，有圃可蔬，有池可鱼，朱家人口不多，可以居。"若干年后，朱子在《怀潭溪旧居》中吟道："忆住潭溪四十年，好峰无数列窗前。虽非水抱山环地，却是冬暖夏冷天。绕舍扶疏千个竹，傍崖寒冽一泓泉。谁教失计冬迁谬，备卧西窗日满川。"相比生活，武夷先生们更注重朱熹学业的精进和人格养成，将朱熹收归自己的私塾中学习。生性聪颖的他勤奋攻读，连近在咫尺的兴贤街都很少涉足。他在诗中这样描写读书生涯："卜居屏山下，俯仰三十秋。纵然村墟近，未惬心期幽。"还说，"某自十六七岁时，下工夫读书。彼时四旁皆无津涯，只自恁地硬著力去做。至今日虽不足道，但当时也是吃了多少辛苦读书。""某年十七八时，读《中庸》《大学》，每早起须诵十遍。"朱熹接受了正规全面的儒家教育，从《小学》到《大学》，从法帖临摹到经书钻读，一方面为科举入仕攻读词章，一方面为入"圣贤气象"而潜心钻研儒家经典。武夷先生们大都是理学开门宗师程颐、程颢的再传弟子，其中胡宪还是南宋大学者胡安国之侄。他们不仅倾其所能，呕心沥血为朱熹传道授业，而且给了他健康身心和幸福人生。先生刘子翚为朱熹取字"元晦"，并明其义为"木晦于根，春容晔敷；人晦于身，神明内腴。"朱熹认为元晦境界很难做到，谦虚自称"仲晦"。刘子翚病重时，还不忘把"不远复"作为三字符传授给朱熹，让他注重道德修养，迷途知返，克己复礼。朱熹一生牢记老师教诲，把多处书斋称为"复斋"，门上写的对联是"佩韦遵考训，晦木谨师传。"上联指遵照严父的教导，慎独修身；下联意按先生的教导，谨守严师之遗训，善自韬晦。先生刘勉之则将其女刘清四许配给朱熹，让其有了家庭的温暖港湾。在五夫学习期间，朱熹还结识了一批武夷先生们的弟子和慕名前来授业的优秀学子，共同志向情趣和生活，让他们成了莫逆之交、同窗好友。后来，他们中不少俊杰出相入第，为朱熹的思想确立和传播发挥了重大作用。

武夷先生和朱熹的苦心和努力终于修成正果。1147年，朱熹以建阳籍贯

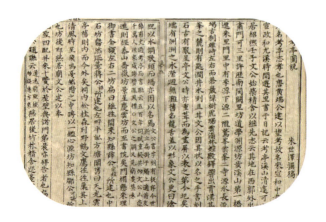

参加乡试，从300多名考生中拔得头筹，高中乡贡，次年赴临安参加省试，经过礼部诗赋、经文、论文等三场考试后，又到集英殿接受殿试。他以第五甲第九十名的成绩赐同进士出身。1151年春，朱熹又到朝廷参加铨试，被授予左迪功郎，外放福建泉州府同安县主簿，二年后到任。从此踏上了他的不平仕途。

徜徉屏山之下潭溪之上，面对朱松托孤的成功，深感当时他所做的决定的不易。以常规论，首先当是回归家乡。朱松父子对祖籍徽州婺源一往情深，朱松在入闽首站政和县尉任上曾写下一首诗："归去来兮岁欲穷，此身天地一宾鸿。明朝等是天涯客，家在大江东复东。"从中不难看出他对故乡的眷恋。朱熹因父亲曾在故乡紫阳山游览读书，并刻有"紫阳书堂"印章，将五夫所位旧楼听事之堂榜刻"紫阳书堂"，整栋五间房称为"紫阳楼"，接受过"紫阳书院"和"紫阳先生"的称号。朱松托孤的次选应是他的亲属。朱松的兄弟不说，其岳父及朱熹的外公在徽州也是响当当的人物。"外家新安祝氏，世以赀力顺善闻于州乡，其邸肆生业，几有郡城之半，因号'半州'。"虽然乱事多有变故，但瘦死骆驼比马大，且老丈人早前就催女婿返乡回家，当时朱松回信："来书相劝以归，当俟国家克复中州，南北大定，归未晚。"当年朱松入闽为官，抵押百亩田产，也早已赎回，朱熹母子和妹妹返乡也不至于衣食无着。朱松托孤还有其他好友选择。史实也证明了这点。束景南老师在其《朱熹年谱长篇》注释："观此，可知朱松亦尝托孤于张峻等人，而峻未践言，或因其于是时亦罢归朝廷。"虽然儒家素有易子而教的传统，但托付孤儿寡母的未来，连同自己的后事，历史上却不鲜见。我们为朱松的识人之慧、为人之好击节，更为武夷先生们的侠义肝胆而扼腕。他们谱写了一曲友谊天长地久的颂歌，很好地诠释感天动地的朋友之道。

朋友之道是中国文化的重要内容，儒家尤其重视。中国古代的君臣、父子、夫妇、兄弟、朋友为"五伦"，朋友是其中重要一伦。孔子设想的理想社会，可以简单概括为："老者安之，朋友信之，少者怀之。"曾子所谓的

"每日三省吾身"，其中重要一省就是："与朋友交而不信乎？"孟子提出了："父子有亲，君臣有义，夫妇有别，长幼有序，朋友有信"的"五伦"道德规范，并将孔子的"仁、义、礼"扩充为"仁、义、礼、智"，汉代的董仲舒又在此基础上提出了"三纲"和"五常"。朋友之道也就成为处理社会关系的基本原则，成为封建社会的伦理基础，而朱熹将社会伦理道德提升到本体论高度。《论语》第一篇《学而》第二句竟是"有朋自远方来，不亦乐乎？"初读觉得十分唐突不解。闽北文化人祝熹给我的解释是，古人道德修养，知识学习，除了自己努力外，还要与朋友交流探讨才能进步，所以就像在后面子贡引用《诗经》中所说："如切如磋，如琢如磨"，才能治好君子之学。所以在第一句"学而时习之，不亦说乎"后面反问，有志同道合的朋友从远方而来，不是令人愉快的吗？历史名相张居正讲评却是："夫然则吾德不孤，斯道有传，得英才而教育之，自然情意宣畅可乐，莫大乎此也。所以说不亦乐乎！"不论何解，总之，朋友之道在孔子心中占有重要地位。

"没有一个人是一座孤岛。"——这是西方的谚语。人之为人，没有交往和友谊是不可想象的，美国作家亨利·亚当斯说："人的一生能结交一位好友，已属难得；能结交两位，可谓幸运之至；至于结交三位则根本不可能。"中国人则说，人生得一知己，可以死而无憾。余秋雨先生在讲君子之交时，又叙述了我们耳熟能详的高山流水的故事：一位地位很高的人独自在江边弹琴，却被一个打柴的樵夫完全听懂。弹琴者俞伯牙心在高山，听琴者钟子期立即听出来了；过了一会儿，俞伯牙转向流水，钟子期也听出来了。一年后弹琴者再到那个地方寻找听琴者，却听说钟子期已死，俞伯牙悲痛地寻找到坟前，把那张琴摔碎在墓碑上。余秋雨说："一两千年间，无数中国人都以这个故事来建立友谊信仰。"他坚信，"既然有过高山流水这种友谊信仰，那么中国人肯定是世界上最懂得友谊的族群。"而发生在五夫的友谊故事却让人们了解了人们人际交往的真谛，揭示了朋友之道的内涵和外延。

朋友之道是道之道。真正的朋友是志同道合、道义相交。道不同不相为谋。共同的人生主张，一样的志趣爱好，重叠点愈多，感情愈深厚，直至生死相托。武夷四先生与朱熹一样的尊崇道统，一样的忠贞爱国，一样的济时救世。刘子羽，抗金名将，父亲刘韐使金不辱气节，杀身不屈。他为报国恨家仇，转战川陕，战功赫赫，遭秦桧陷害，罢官回归五夫。其幼弟刘子翚任兴化军通判，政绩彪炳，因奸贼当道，归隐五夫。刘勉之因慷慨进言，反对议和，拂袖而归五夫。胡宪更是以敢上疏闻名，最轰动历史的是其首倡起用被罢免抗金主将张浚而名震朝野。而朱熹的父亲朱松与四先生同朝为官，志向相投，遭遇相同，虽两度入朝，但有心报国，无力回天，也遭秦桧迫害。朱熹与刘子羽的后代和其他同窗好友也是如此。时任国子学录的魏掞之因为谈论曾觌被罢职。朱熹一气之下也辞官不任枢密院编修。前者晚年还把儿子应仲托付给后者，拜其为师。至于他与刘珙、刘瑞、刘坪更有不一般的手足之情，而友谊的基础都在于济世救国、中兴儒学的共同目标。

朋友之道是信之道。孔子曰："人而无信不知其可也。"朱子强调："交朋友，贵乎信也。"为什么把信作为交友的准则，朱子从两方面进行论证。其一，"五伦"为天所命，是人与生俱有的："仁、敬、孝、慈、信"，便是应对调整它们之间关系的准则。"君之所以仁，臣之所以敬，子之所以孝，父之所以慈，朋友之所以信，皆人心天命之自然，非人之所能为也。"朱子强调："信行于朋友，皆不易之定理。"朋友之信，天经地义。他把朋友信之道提高到天道地位，朋友之间只有做到信，才能符合天理良心。其二，朋友的关系是一种特殊的关系：不是君臣之间的行政关系，不是父子、兄弟的血缘关系，也不是夫妻亲情关系。所以"其亲不足以相维，其情不足以相固，其势不足以相慑。"情感难以维系巩固，权势难以威慑控制；既不能靠血缘和亲情来限制，也不能依赖权利义务来约束，只能靠信来联系。信是交友的关键，也是为友之本。朱子对孔子以马车为例论述"人不可无信"十分认可，"人而无信，车与牛马本两物。以輗軏交乎其间，则物我一致矣，而引重致远，无所不至焉。物与未合，亦二物，以信行于其间，则物我一致矣。夫然后行。"信成为物我有机统一的桥梁，朱子还以"仁、义、礼、智、信"五德之间关系来论证，指出信是其他四德的核心和基础。要做到信，首先要"体信"，更要言行相顾，表里如一。武夷先生们真正践行信道，直到信守诺言，实现了朱松的遗愿，将朱熹抚养培育成才。朱子也感恩在心。1179年，朱熹按照刘珙临终所托，为其义父刘子羽撰写墓碑。碑文长达3200多字，并派人专程前往湖南，请好友张栻用篆书题写碑额，聘名匠精心镌刻，这方"宋故右朝议大夫充徽猷阁待制赠少傅刘公神道碑"，十分珍贵，不仅因其有当时"东南三贤"中二位的手迹而为武夷"镇山之宝"，更是朋友信守诺言的真实写照和见证。

朋友之道是诚之道。"诚者，天之道也；诚是者，人之道也。"朱子不仅把诚提高到本体论的高度，而且认为"诚意者，自修之首也。"诚意作为八条目"修齐治平""内圣外王"的关键。这也是为什么在去世前三天还在修改《大学章句》之诚意章原因所在。我们一般都把诚信连用，看作是同等含义，即"真实无妄"，但在朱子那里，诚是"天之道"，信是"人之道"，"诚是自然底实，信是做人底实"，信是对诚的追求，实现诚信之德也就达到了天人合一。朱子说："有一毫见得与天理不相合，便于诚有一毫未至。"钱穆先生说："此见人与天合，心与理合，唯圣人到此境界。"的确如此，刘备"三顾频烦天下计"，诸葛亮"两朝开济老臣心"。是这个诚；生死之交，莫逆之交也是这个诚；五夫友道也是这个诚。当年朱熹常去武夷山的水帘洞学习，步行需要两天时间，刘子翚专门在途中下梅里附近购屋一间，供途中歇息，买田200亩以供费用。四年后，刘子翚病故，其侄子刘珙将田产交给朱熹，资助他赡养慈母。朱熹从同安任职归来，将田产归还刘家。刘珙兄弟拒不接受，争执最后只好把田产转赠南峰寺庙，这段友谊佳话至今还在武夷山民间流传。

朋友之道至高无上。真正的朋友不是"酒肉之交""利害之交"，不会"巧言、令色、足恭"，不是"友便辟，友善柔，友便佞"。它可以超越年龄、职业、地位，甚至生死，甚至国界。1977年，人类向外太空发射了一个特殊的飞行物"旅行者一号"，向外星人介绍地球人类，介绍中国的便是古琴曲《高山流水》。余秋雨先生认为："这就是说，我们把尚未谋面的外星人，当作了'可能的钟子期'。"是的，人们总是希望朋友之道能够道行天下，大行其道。

精舍布道

一

　　相对于从政著述而言，朱熹的教育成就更为卓越。相对于理学而言，朱熹的教育思想更为人们所认同。朱子是中国古代教育思想史上继孔子之后影响最大的教育家，是中国古代教育思想的集大成者，在中国教育发展历程中起了继往开来的历史作用。朱子一生除了为官九载、立朝四十六天外，长期致力教育达半个世纪。就是为官所至也是不停教学。他著作等身，后人统计有2000多万字和800多万字两说。其重要著作如《四书章句集注》《近思录》《伊洛渊源录》《周易本义》《童蒙须知》《易学启蒙》《小学》等大抵因为讲学需要而编撰的。《朱文公集》大量的通信都与论道讲学有关。《朱子语类》一百四十卷讲述的是朱子数十年与学生教学对话实录。这对两宋三百二十年的教育史来说，朱子兴学讲学就占了六分之一的时间。从学朱子门下的学子，据陈荣建先生考订就有488人。至于元代以后，朝廷钦定他的《四书章句集注》作为开科取士的典籍后，天下无不读"朱书"。他的学生弟子更是蔚为大观。朱子讲学时间之长、范围之广、层次之多、受众之大，后人难以比肩。朱子教育思想涉及现代教育学诸多方面。何谓教育、教育目的、教育使命与功能、教育内涵诸方面；教育的不同层次、制度化教育与非制度化教育、课程教材、教育方法与原则等。当然，他的教育思想并没

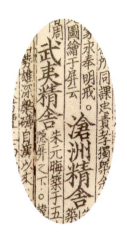

有以专著的形式出现，而是散见于他的著作中，也反映在他与门人弟子和讲友提问作答、书信往来中。研究中国教育历史，朱子是绕不开的话题。

世界自然与文化遗产地的武夷山景区，有座人文胜景——武夷书院（历史上也称"武夷精舍""紫阳书院"等）。它就是朱熹亲自擘画、营建、主办的私人讲学的学校。按照朱子所写的《精舍杂咏十二首》所叙，书院处"溪山最胜处"的五曲隐屏峰下，拥有智仁堂、隐求室、止宿寮、石门坞、观善斋、寒栖馆、晚对亭、铁笛亭、茶灶等十处建筑。书院虽然由朱子称之为"精舍"，其实是他率弟子自力更生所为。书院落成后，袁枢、韩元吉等儒学大家纷纷前来祝贺。韩元吉写道："淳熙十年，元晦既辞使节于江东，遂赋祠官之禄，则又曰：'吾今营其地，果尽有山中之乐矣。'盖其游益数，而于其溪之五折，负大石屏，规之以为精舍，取道士之庐犹半也。诛锄茅草，仅得数亩。面势幽清，奇石佳木，拱揖映带，若阴相而遗我者，使弟子辈具畚锸集瓦木相率成之。元晦躬画其处，中以为堂，旁以为斋，高以为亭，密以为室。讲书肄业，琴歌酒赋，莫不在是。"朱子从淳熙十年到绍熙元年（1183—1190）八年间就在这里办学。朱子一生讲学主要分为三个时期：一是寒泉精舍和云谷草堂，一是武夷书院，一是沧州精舍。三个时期大致都是八年。其中集中讲学最长、学术氛围最浓、活动最活跃应是在武夷书院时期。这八年是朱子思想成熟时期，也是他讲学的黄金时期，最能体现朱子教育思想和实践。在此期间，他完成了《易学启蒙》《考经刊误》《诗集传》《小学》和《大学章句》《中庸或问》《周易本义》等著作。特别是淳熙十六年（1189）完成了《四书集注》，开创了中国经学史上"四书"时代，标志着朱子"集大成"的理学体系成熟。朱子将《白鹿洞书院学规》的精神以及过往讲学实践的经验，贯彻到武夷书院教育活动中去，在"讲明义理以求其身"的道德至上的旗帜下，要求学子们立志、主敬、涵养、审察，做到穷理格物与修身笃行的统一。朱子将"四书"列为书院教材之首。弟子杨楫记，"先生平居教学者首以《大学》《论语》《孟子》《中庸》四书，次而'六经'，又次而'史传'"。朱子要求学生对圣贤之书"分明易晓处反复读之，更就自己身心上涵养玩索，著实行履"。同时朱子还与诸大儒展开论辩，"过我精舍，讲道论心，穷日继夜"，朱子与浙江永康学派的陈亮展开了长达十余年关于"义利王霸"的论辩。这是朱熹与张栻"长沙论学"和朱熹与陆九渊"鹅湖之会"后，中国思想史上又一著名的学术辩义活动。书院客观上成为"传道"的重要载体，成为理学传播的摇篮。因此武夷山被称之为"道南理窟"。朱子十分注重调动学生主体积极性，经常让学子门人间互相讨论切磋。蔡元定、黄干等学者均有代师授课的记载。

《朱子语类》中反映学员们互教互学的内容十分丰富，自由讲解、学术交流的气氛甚为活跃。朱子的教育观十分全面，他还注重启蒙教育，"人生八岁，则自王公以下，至于庶人之弟子，皆入小学。"他亲自编写教材，于淳熙十四年（1187）编成《小学》六卷，封面题"武夷精舍小学之书"。这是我国有文字可考的最早使用封面的图书，使得书院之外又有了类似当今的附属小学。同时，朱子还与外地学员通信往来，《朱文公文集》此类书信很多，

内容涉及教学的各个层面，宛如当今的函授教育。朱子不仅推崇道德至上、人伦价值，还注重挖掘生命底蕴，追求天地人三才和谐。讲学期间，带领学子游弋于武夷的碧水丹山，感受大自然中蕴含的哲理，把"天理流行，随处

充满"的思想与游山玩水巧妙结合。至今九曲溪沿岸诸峰还留下他和挚友们的手迹石刻。武夷书院办学取得了巨大成功，其培养的学生今日有姓名可考的就有103人。他们皆背负修齐治平重任行走天下。清乾隆文渊阁大学士史贻直说，"及朱子开紫阳书院，诸大儒云从星拱，流风相继，历文明以至于今，而闽学集濂洛关之大成，则皆讲学于此山者，而山之名遂甲于天下。"特别是康熙帝亲书"学达性天"匾额赐予武夷书院。1999年，联合国教科文组织将武夷山列入世界文化与自热遗产名录，认为武夷山是朱子理学的摇篮，世界研究朱子理学的基地。武夷学院成为世界文化遗产重要内容而千古流芳。

中国改革开放已经40年了，绝大多数领域都发生了翻天覆地的变化，只有教育更多的是对"文革"前的恢复和扩大，这个领域解放思想，改革任务远未完成。如何结合中国国情，符合教育规律和趋势，走出一条中国特色的教育之路，真正做到面向现代化，面向世界，面向未来。研究梳理中国传统教育，特别是朱熹的教育革新思想和实践具有现实和历史的意义。

二

朱熹生活在宋朝，恰是"重文治""轻武功"的时代，统治阶级由"武功"转向"文治"。宋太宗于太平兴国七年（982）明确提出："王者虽以武功克定，终须用文德致治。"于是"兴文教，抑武事"，北宋进入教育的繁盛时期。但是由于北方金族入侵中原，1126年北宋首都开封被攻陷，俘虏了宋徽宗和宋钦宗，宣告了北宋王朝的灭亡，以赵构为首的宋朝王室于1127年在临安建立起南宋王朝。山河破裂，民族斗争和阶级斗争、思想斗争，各种矛盾极为激烈和复杂。西汉之际佛教传入中国，中国本土宗教道教也已产生，于是形成了儒释道三教鼎力的局面。由于朝廷尊孔崇儒又提倡佛老，而汉代董仲舒的天命论儒学又不适用于国家指导思想，于是儒家学说走向式微，以至于自命孟子之后的韩愈大声疾呼，"道断"。北宋五子和朱熹们全力应对道德日下、外来文化和理论传承的挑战，力图恢复和确立国家的主体意识，重建社会理想和人格境界。而作为宋朝的教育重要形式的官办学校，大致分为：国子学和太学，具有大学性质；武学、律学、书学、算学、道学和医学，属专科性质；宗学、诸王宫学、内小学属贵胄性质；还有群雍、广文馆、四门学等，属特殊性质。地方学校分为州学和县学。各级官学入学条件较严，招生人数也有限定，主要是服务官僚阶层的子弟，其终极目标就是为科举考试服务。这样培养的人才离宋太祖赵匡胤所确立的"文德致治"的要求相去甚远，培养出来的士人、儒者、官员、军人浸淫着升官发财、贪图享乐的思想，真的是"文官贪财，武官怕死"，以致金军铁蹄所及，如入无人之境，大宋王朝不是"卧榻之侧岂容他人酣睡"，而是"安不下一张行军床"。朱熹和大批知识分子把"为天地立心，为生民立命，为往圣继绝学，为万世开太平"当作己任，模仿孔孟行为，撰写奏疏，向朝廷和地方官府提出救国复兴的积极建议。然而道不行，他们转而从事思想理论研究和文化教育，为国家铸造新的精神武器和新的人才。朱熹大力革故鼎新，采用新的理念、新的学校、新的教材、新的方法，不遗余力地培养天下英才。

（一）新理念

朱熹直承孔孟，把孟子关于教育"得天下英才而教育之"作为宗旨，阐释说"尽得一世明睿之才，而以所乐乎己者教而养之，则斯道之传得之者众，而天下后世将无不被其泽矣。"一句话，教育的宗旨是使人向善，不仅是个体人格的完善，还要使社会性集体人格完善。《大学》开篇指出"大学之道在明明德，在亲民，在止于至善"，即儒家的"三纲领"。朱熹注释"亲民"解为"新民"，也就是要求社会精英们在自己拥有高尚德行后，还要引导全社会明德善行，不断追求至善境界，造就一代又一大新的社会有用人才。朱子规划了圣贤君子培养的"路线图"：格物、致知、诚意、正心、修身、齐家、治国、平天下。即儒家所谓的"八条目"。在这个发展链条中，"修身"是"内圣外王"的承上启下的关键环节，也是教育的全部价值所在。其哲学依据可从朱熹的理气论和人性论上进行说明。"理"是朱熹哲学的最高范畴。他把仁义礼智等道德原则统一于天理，"须知天理只是仁义

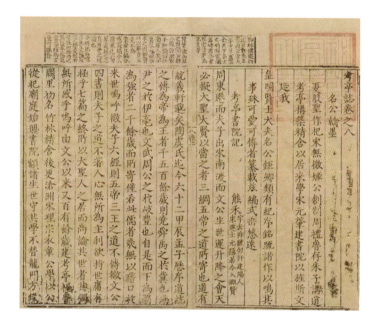

礼智之总名，仁义礼智便是天理之件数"。这样，他就在理一元论的前提下，构建了道德伦理的形而上学，使道德教育具有了本体论依据。由此推出"性即理"，人与物因其理各得其性。现实中的人性总是天命之性与气质之性的统一，前者是天理，是人之所以为人的普遍本质，后者则是人的特殊本质，是天理和人欲的综合体。但"性可复"，性发而情，"心统性情"，"只是这个心知觉从耳目之欲上去，便是人心；知觉从义理上去，便是道心。"道心是善，人心"可为善，可为不善"，只要主敬涵养，格物致知，诚意正心，变化气质，就能人心变道心，止于至善，成为圣贤君子，成就天下大业。

（二）新学校

朱熹的教学活动既重官办学校，更与私立书院关系密切。史志记载，与他有直接关系的书院多达67所。其中亲手创建的4所、修复的3所、读书的6所、讲学的20所、撰记题诗7所、题词题额的6所。钟情书院教育，在中国古代教育史上朱熹可谓第一人。中国书院始于唐初，盛于宋代。如果说唐代的书院只是作为官学的补充，那么朱熹的教育实践则赋予书院全新的内容，邓洪波教授撰写的《中国书院史》指出，书院规制在北宋就已经形成，但书院教育制度的确立却是朱熹完成的。朱熹将书院规制扩展为研究、讲学、藏书、刻书、祭祀、学问六大事业；朱熹制定了书院的学规，即《白鹿洞书院揭示》，列出了"圣贤所以与人人为学之大端"，分为五教之目，为学之序，修身之要，处事之要，揭物之要，朱熹还编写刊印了系列教材。

由于书院大多由民间设立，国家虽有支持和褒奖，但其经济和办学思想是独立的，主要由私人管理和组织教学，书院就大大有别于官学和一般私学，书院教育主要是完善个人品德和增进学识，培养"传道济民"的人才。书院有着自身的学术师承。书院不是单纯的师授生学的被动学习，而是以学生读书思考为主，辅之以硕儒会讲、师生讨论、学生切磋等教学形式，十分注重"对话"学风的发扬，追求极大的自由精神。书院有教育更有教化，强调德行的圆满，人格的完善，心灵的满足。国学大师钱穆说过："中国古代不言教育，而常言教化……孔门四科首德行，德本于性，则人而道天，由人文重归自然。此乃中国文化教育一项重大目标所在。"书院不同于官学的最大特点就是不以科举考试为目的，它是对科举考试的修正和批判，也是对教育宗旨的正本清源。虽然通过书院教育不乏金榜题名者，虽然朱熹本人也是通过科举考试脱颖而出的，且他的著作后来作为开科取士

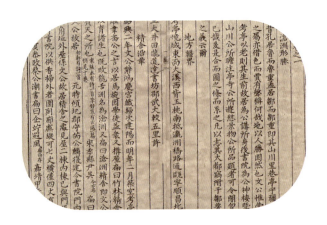

之制，但他却是科举考试的坚决反对者。朱熹在《信州州学大成殿记》文中说，"士子习熟见闻，因仍浅陋，知有科举而不知学问。"在《答腾德章》信中说，"科举之学误人知见，坏人心术，且技愈精，其害来愈甚。"朱熹极力主张对科举考试进行改革，既不同意当时宰相赵汝愚的"三舍法"，也不赞成其他人提出的"温补法"。提出自己的方案，要求州县共同承担选拔人才的责任，要求以德为先培养人才，选拔敢于承担大任而有实学者。朱熹对科举考试的批判是严厉的，甚至直斥士子"钓声名，干利禄"，"至于后世，学校之设虽成不异乎先王之时，然其师之所以教，弟子之所以学，则皆忘本逐末，怀利去义，而无先王之意，以故学校之名虽在，而其实不举，其效至于风俗日敝，人材日衰。"这就是朱熹为什么热衷于兴办完全不同于官学教育路线的书院的原因。

（三）新教材

朱熹捍卫道统，又发展道统，思想解放疑经惑传，不是"我注六经"而是"六经注我"，不是"照着讲"，而是"接着讲"。中国古代教育经典内容，在汉代是"六经"，汉代以后除去《乐》称为"五经"。随着时代的发展，"五经"对大一统的国家意志指导不强，与释老抗衡的针对性不够，也不利于士子学人循序渐进的学习。朱熹与时俱进地以《四书》代替"五经"，使中国古文化主题鲜明，体系完整。《大学》《中庸》原是《礼记》中的两篇短文，而《论语》在汉代仅为小学所必修，《孟子》在汉以前不被认为是经书。朱熹用毕生精力研究"四书"，临死前三日还在改写《大学·诚意章》的注释。1182年，朱子在浙东任职上第一次将"四书"刊印，并第一次提出"四书"之名，在武夷书院教学期间刻印了"四书集注"。朱熹认为"四书"体现了孔孟的基本思想，"《大学》《中庸》《论语》《孟子》四书道理粲然……何理不可容，何事不可为。"朱熹认为学习儒家著作，要先"四书"后"六经"。"《四书》《六经》之阶梯。"而就《四书》体系的内部而言，朱熹主张应按《大学》《论语》《孟子》《中庸》的先后次序来学习，道理是"先读《大学》以定其规模，次都《论语》以立其根本，次读《孟子》以观其发越，次读《中庸》以求古人微妙处。"

朱熹关于教材的革新是成套系统的，将士子个人的"学"与为公众的制度的"教"加以沟通，考虑到儿童与成人、普通人与统治者的不同教育特点；注意到不同学者的水平差异；也考虑到了课程教材结构的平衡；兼顾了儒家经典的重新编注与中心的突出；关联了经典的学习和新近的学术，特别是新儒学的发展，这样就为新儒家教育理想的实施打下了坚实的基础。西方学者狄百瑞把这一套新的系统化的教材列为十一项，即：1.《小学》，作为学习的最基础的教材；2.《乡约》，广涉乡民之间的基本社会关系及交际规范；3.朱子公告类（如《谕俗文》）《晓喻词话谍》《晓谕居表持服遵礼律事》等），对一些特殊领域的地方事务及人际活动的指导；4.《白鹿洞书院揭示》，基本的学校教条；5.《朱子家礼》，家庭生活礼仪与传统礼仪；6.《四书集注》，反映程朱理学的主要内容与理想；7.《经筵讲义》，为统治者所谈基本讲义；8.《近思录》，《旧书》入门及成圣贤之序；9.《伊洛渊源录》，新儒家的学说本源；10.《通鉴纲目》，修正《资治通鉴》，立正统正人心；11.《学校贡举私议》，所有为学之要旨。

（四）新方法

钱穆先生言，"在理学家中，正式明白主张教人读书，却只有朱子一人"。朱熹在长期的教学实践中，形成了自己独特的教学方法。他说，"道有实体，教有成法，卑不可抗，高不可贬，语不能显，默不能藏。"其方法主要有以下几个方面：

共性个性统一。朱熹总结了孔子的教学方法，在有教无类，同等教育前提下因材施教，因人培养。朱熹的门徒众多，年龄不同，知识底子不同，禀赋、兴趣也有差异。他根据各人"人品之高下""材质之大小"而成就之。他说，"德行者，潜心体道，默契于中，笃志力行。不言而信者也；言语者，善为辞令者也；政事者，达于为国治民之事者也；文学者，学于《诗》《书》《礼》《乐》之文，而能言其意者也。盖夫子教人，使各因其所长以入于道。"

教育学习相长。朱熹根据《礼记·学记》所说，"学，然后能不足，教，然后知困。知不足，然后能自反也，知困，然后能自强也。故曰教学相长也。"又引用孔子和子贡问答，要求师生在教学中都能日新其德、共同进步，而且指出，教是仁，学是智，对己对人都是高尚的。基于此，"学不厌""教不倦"。基于此，朱熹对学生采取诱导为多，而不仅仅是授受。朱熹对学生说，"某此间讲说时少，践履时多，事事都用你去思索，某只是做个引路底人，做个证明底人，有疑难处，用商量而已。"基于此，朱熹要求学生多多向教师提问。《朱子语类》中记载的门人所提的许许多多问题，都得到朱熹的详细回答。朱熹提倡师生之间相互问疑，"学贵有疑""疑而后问，问而后智，知之真则信"。他们经常在夜间就着烛光进行问答讨论，仿佛像"夜大学"。

致知笃行并重。朱熹十分注重学习的实践性，并要求理论联系自己。他所说的"知行相须"如此，"博文约礼"也是如此。他指出，"致知力行，用功不何偏，偏过一边，则一边受病"，知行相须，有如眼睛和脚的关系。当然学贵践行，"论先后，知为先，论轻重，行为重。"这方面的用语，朱熹多有强调，如力行，践行，躬行，践履等，朱熹把读书与其功夫论结合，要求与自身修养联系起来，"学者当以圣贤之言，反求诸身，一一体察，须是晓然无疑，积日既久，当自有见，但恐用意不精或贪多务广，或得少为足，则无由明白"。用现代人的话语，就是从自己做起，从小事做起，从现在做起。值得指出的是朱熹所说的践行，也包含经世致用的精神。他一生提倡"崇德进业""成就德业""措诸事业""因于世用""经天伟地"的实学。

课里课外结合。朱熹注重课堂常规教学，既有师道尊严的一面，又有营造轻松气氛的一面。喜欢用生活中熟悉的事例和画图讲解书本知识。著名的解《易》图就是，以图示太极生两仪，两仪生四象，四象生八卦，既浅显易懂，又生动活泼。朱熹还把课堂延伸到室外，举行讨论、辩论和会讲，同时带领学生游历灵山秀水，放怀吟唱。"兴发千山里，诗成一笑中"，其门人叶贺孙说："及无事领诸生游赏，则徘徊顾瞻，缓步微吟。"千古绝唱《九曲棹歌》就是在武夷书院办学期间写就的。

三

朱熹留下了丰富的教育遗产。它对于我国当代教育改革和发展具有很强的借鉴意义。我们把目光投向西方的同时，更应反求自身，总结和学习传统的教育经验，结合实际加以创造性弘扬。我想朱熹教育改革做法，至少有以下几个方面值得肯定：

（一）德育为先

1985年、1994年、2000年、2004年，中共中央国务院三番五次下文，要求学校加强德育工作，并把它作为评价一个地区、一所学校教育教学的重要内容。现实情况却不容乐观，甚至出现了像马加爵宿舍杀人案、刘海洋伤熊案、药家鑫杀人案、福州北大吴谢手弑母案，为了喝口水竟然毒死舍友，为了争第一名、第二名竟然捅死前者。这些案件虽然是极端案例，但却足以反映我们的德育缺失。而另一方面，大量的学子求学国外，且呈低龄化的趋势，仅美国就有37.7万中国学生，占全世界留学生的三分之一以上。这本身不能不说是对我们教育的不认可或不理解。最近微信上读到一则消息，一位在苏州私立学校教了八年书的德国外教，带着挫败感离职回国。他说学校的教育"记忆成了学习的唯一方法，高压成了教育的唯一手段，保护成了成长的唯一措施""教育的功能只是为了应付试卷上的标准答案……人性教育、逻辑教育却是空白"。他非常悲观地认为"我一辈子也无法在中国看到真正的教育。"造成这种现象的原因不外乎是社会、家庭和学校。家庭是德育缺失的导向因素，社会是德育缺失的动力因素，而学校是德育缺失的直接因素。孔门四科德行、政事、文学、言语，德为先。朱熹反复说，国家教育"所以必立德行之科，德行之于人大矣。……故古之教者莫不以是为先。"道德教育是学校教育的首要任务，也是为学之本。学校的德育工作应从"三全"上下力气：一是全员。所有从事教育的教职员工，都肩负着教书育人的天职，都是德育工作的主体，不能只教书不育人。把德育工作当作是政工部门和政治老师乃至班主任的事，都是未尽为人师表之责，那样只能使学校行政化愈发严重。德育工作愈发"隔靴搔痒"，缺乏针对性和有效性。二是全程。要把德育贯穿到教育和管理的各个环节，从学生的行为举止到各门知识的学习的全过程，让学生从小事做起、从我做起、从现在做起，"莫以善小而不为，莫以恶小而为之"。三是全力。学校要把德育工作抓好，主管部门要建立简易有效的德育评价体系，利用人工智能手段，将学生和教职员工德育情况及时反映，高考的内容和录用要体现和突出德育，改变"选分不选德"的状况，全力将德育工作落到实处。

（二）格物致知

格物致知是朱子修养论，也是认识论与方法论。钱穆先生指出，"朱子思想，以论格物穷理最为后人之重视，亦最为后人所争论"。格物一词，见于《大学》。而"格物致知"的理论是朱子对儒学的重要贡献之一。朱子认为古本《大学》颇有错简，遂重新修改，将其分为经一章、传十章。他发现传之第五章已亡失，于是"窃取程子之意以补之"。朱子的"格物致知"就其目标而言，即物穷理，体悟天性，依循天理，知不善之不当为而不为；就其对象而言，指"凡天下之物"都应格；就其方法而言"因其已知之理而益穷之。以求至乎其极"，必须"用力之久"。就其预期成效方面，使"知物之表里精髓无不到"达成"吾心之全体大用无不明"的目标。朱子提出了一条向外求知的方法，通过实践求理，获得真知，不断格物，不断进步，从而认识自然和社会的规律。如果撇开其客观唯心主义的成分，这一理论与毛泽东主席所表述的认识总规律十分相似，"实践、认识，再实践、再认识，循环往复，以至无穷"。

朱子对"格物致知"理论身体力行，上"格"天文地理，下"格"飞禽走兽，获得令人瞠目结舌的真理判断。他发现了化石、雪花六边形、悬棺所葬的是部落酋长等科学事实。他自制浑天仪，观测天象，得出"东方星云说"的结论，比西方天文学家开普勒早上四五百年。他对周易研究的成果，特别是那张阴阳回环相抱古太极图，极大影响了波尔和莱布尼茨，而前者创立了量子互补理论，后者则是电子计算机基础二进位制的创立者。英国科技史家、中国科学史之世界权威李约瑟早在半个世纪前就指出，"朱熹是一位深入观察各种自然现象的自然学家"。《万历十五年》的作者黄仁宇说："朱熹在没有产生一个牛顿型的宇宙观之前，先产生了一个爱因斯坦型的'宇宙观'。"这说明朱子"格物致知"的要求不仅是道德层面的，反而更多属于知识层面。值得指出的是朱子这一理论还具有实践的品格。他强调知行相须，穷理以致其知，反躬以践其实，"故圣贤教人，必须以穷理为先，而力行以铭之""学贵践行"。

作为朱子教育思想重要内容的"格物致知"理论，长期以来被束之高阁，被认为不过是"尊德性"之论。坚持中国特色教育发展道路，理应把"格物致知"摆上应有的位置发扬光大。第一，要把"格物致知"作为认识论。既作为立德树人的指导原则，又作为探索追求科技知识的方针，为中国特色教育的指导思想提供涵养和补充。第二，要把"格物致知"作为方法论。以其为人才培养，道德养成的起点，也作为道德完善，知识进步的目标，更当作手段，对事物的了解由表及里，去粗取精，循环往复，循序渐进。"今日格一件，明日又格一件，积日既多，然后脱然在贯通处"，使"吾心之全体大用无不明矣"。第三，要把"格物致知"作为功夫论。正因为朱子把格物致知的对象确定为所有天下之物，要求"格"之其极，"今也必须为僧家之行脚，接四方之贤士，察四方之事情，览山川之形势，观古今兴亡治乱得失之迹，这道理方得周遍"。读书成才要动脑，更要动手，贵在实践，让孩子们的人生变成行动的人生。

（三）生命教育

应试教育像座大山，压得孩子们没有童年，没有欢乐，没有兴趣，没有创造性。"在不该认字的年龄认字，在不该算数的年龄算数，美其名曰不要输在起跑线上"，而素质教育的所有能力训练，到最后都成了应试工具。这极大摧残了孩子们的身心，以至于一旦考上了，反而茫然不知所措，几乎每所高校都有轻生的事件发生，而这些学子往往不是"不用功"的"坏学生"，而是心理严重压抑，用功学习的"好学生"。

朱子的教育思想本质上是生命教育学说。他的核心观念是易传的"生生"与孔子的"仁"。从先秦开始，圣贤就重视人生，儒家更重"仁"，把"仁"作为"仁义礼智"四德之首，并包括其余之德。朱子说，"孔门之学，所以必以求仁义为先，盖此是万理之源，万事之本""如《大学》致知、格物，所以求仁也；《中庸》博学、审问、慎思、明辨、力行，亦所以求仁也"。但是朱子将"仁"的观点发展到极致，构建了"仁"的形而上学的本体论体系，阐述了"仁"与"理"，"仁"与"心"，"仁"与"生"的关系，将人道与天道贯通起来，释仁为"心之德、爱之理"，指出"仁者，人也"；仁字有生意，是言人之生道也。"钱穆先生说，"朱子专就心之生处，心之仁处着眼，至是而宇宙万物乃得通为一体。当知从来儒家发挥仁字到此境界者，正惟朱子一人"。朱子认为实现了仁的境界，就能得到"至乐"，就能达到"天人合一"，把握生命、体验生命、理解生命、化育生命、提升生命的意义和价值，使生命趋向至善。这是朱子教育思想的根本精神，朱子所有教育理论和实践都是围绕这一核心展开。

借鉴朱子的生命教育理论，我们应当，第一，加强人文情怀，生命尊严。学生的身心健康高于一切，发展生命、提升生命作为一切教育活动的出发点和归宿点，决不能把学生视为产品和士兵，决不能把学校当作工厂和兵营，把所有的孩子视为己出，让他们生命如鲜花一样沐浴春风雨露盛开。第二，加强素质教育，全面发展。要把教育主管部门关于素质教育的好主张落到实处，如同马云办学那样将音乐、体育、绘画、美学等全面发展的课程作为必修课，让德智体美劳的培训回到课堂，回到学校，而不是交给家长和社会。然后隔山打鼓形式主义般整顿。第三，加强修学，研学，让学生在游历山川，领略中华民族丰厚的自然文化遗产，寓教于乐，而不是像现在这样连春游都不敢组织，把"读万卷书，行万里路"的民族传统送给外国去发扬。

武夷师道

朱子业师七位，分别为父师、严师、本师、良师、明师、导师和贤师，国代先生在其著作中如是写。一见此语，顿生非读完全书不可之意。

国代先生写得很有特色。他"选择朱子七位老师为对象，重点探究朱子业师的人格修养与教化精神，抓住讲人、叙事、究理三大要素，围绕德行、学问与事功三大块而展开，去探究思想者的思想来源，思想形成与思想结构，以及考察这些思想在学术教化、政治教化、人伦教化方面所产生的效应，以此揭示师道传承及其演进的文化意涵"。

你可以把此书作为人物传记来读，了解老师们的身世、授业、仕宦、讲学、著述、交游等诸多情况；了解老师们在国家政体危机、文化危机的两宋之交，身在庙堂扶持江山社稷，挽狂澜于既倒；了解老师们人处乡野独善其身，表世范俗，即使种瓜卖药，仍然心忧天下，志在道学。你也可以把此书作为理学书籍来读。诸师虽然在理论上未有很大建树，但他们师崇孔孟，富有知性探索、生命体验、布道教化的实践，特别是对朱子的学术思想的建构提供了重要的思想元素与逻辑思维。书中对理学的概念和结论既有文献实证的引述，又有思想义理的阐析，还有相关问题的考释，从某种意义上说，这是一本宋代理学的通俗发展史，展示了新儒学萌芽发展的全过程。而我更倾向于把此书作为"师道"的专著来读。看看七位业师怎样对朱子传道、授业、解惑，窥探朱子思想人格形成的秘密，领略师道的底蕴和风采。

父师——韦斋朱松先生。他是朱子第一位人生之师，兼父之爱与师之教于一身。他没有将孩子送官办学校，而是让其在民办家塾、书堂和精舍学习，更多是带在身边言传身教。他曾托同窗李侗购买大字本《论语》《孟子》课本，为后来朱子以"四书"为自己学说主干产生了前导性的影响。他的抗金言行和手书讲解《昆阳赋》的举动，给幼小的朱子早早播下了忠孝节义"尊王攘夷"的爱国主义种子。他的辞章诗文之学，更让朱子"笔力杠鼎"，诗步天下。而他临终前深思熟虑选择"五夫三先生"，更显得慧眼识人、高瞻远瞩。

　　严师——屏山刘子翚先生。这位三十岁就号"病翁"士大夫，"文辞之伟，足以惊一世；精微文学，静退之风，显以发蒙蔽。"朱子十六岁行冠礼，先生字以"元晦"，与父亲所取之名，恰好阴阳互补。临终之际，开示门户，将生平绝学以"不远复"三字符传授。告诫迷途速返，克己复礼。从此，朱子所居书斋，皆为"复斋"，并形成"圣贤千言万语，只是使人反其固有而复其性"的思想。先生给朱子的教育是全面的，私塾"六经堂"之名就说明了一切。钱钟书大师对屏山先生的诗歌造诣给予充分肯定。清代学者

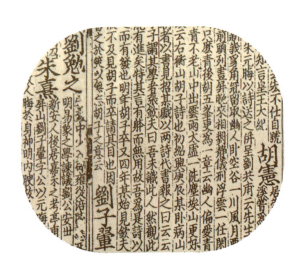

李廷珏说道："先生之学得朱子而集成，朱子之学由先生以驯致。"

本师——白水刘勉之先生。先生人生可谓传奇，关系与朱子最为亲密——翁婿关系。朱子参加会试填写的籍贯与乡试不同，而是"建阳县群玉乡三桂里"。此时朱子已经完婚，因此以岳父所在地报之。岳父"少以乡举入太学"，竟然捐弃录牌南归，"躬行信义，洽于乡邻"，因种"萧屯瓜"出名，被人誉为"种瓜诚有道，养民岂无术？"后被朝征用，但与"秦丞相（秦桧）议不合而去"。先生对圣贤经典多有独到见解。所以，朱子在《四书章句集注》中，引用白水先生的解说就有三例。《宋史》说："熹之得道，自勉之始。"

良师——籍溪胡宪先生。朱子说："从三君游，而籍溪先生为久。"他从学于"湖湘学"创始人，也是叔父胡安国先生。但一生跌宕，却又矢志道学。乡试拨贡，省试却不第，于是回乡"力田卖药"。因朝廷高层十多位"部级领导"推荐，终以得赐"进士"身份，"添差建州州学教授"。老师以《论语》开课，"日进诸生，训以为己之学。诸生始而笑，继而疑，继而视其所以修身事亲接人，无一不如其所言，遂以悦服。"先生所擅长的学问应是叔父所研究的《春秋》。可他却搜集数十家《论语》解说，写成《论语会义》。朱子从中受到启发，"遍求古今诸儒之说，合而编之"，作《论语集解》，再作《论语集注》，训诂精当，义理深长。后人评价，朱子从籍溪先生那里"尽得其言行之美而又日进焉，今遂为世儒宗"。

明师——直阁范如圭先生。先生的生平后人用一首诗概括："早从安国事丹铅，受得春秋帙一编。秘府岂宜充宾馆，仇人谁可共腥膻！书移奸桧情辞状，奏掇名臣谏牍联。郄忆当时谒告后，杜门寂寞十余年。"直阁范先生自幼师从舅氏胡安国，"乡举，会试皆第一"，本可连中三元，却因抗金立场被"抑寘乙科"。入馆阁后，坚决反对用秘书省作为宾馆安顿金国使者。秦桧入相，直阁范先生移书于他，引古论今，慷慨陈词，"力抵和议"。他还同朱子父亲等主战派联名上书反对议和，结果遭到秦桧的打击，被迫请祠返回建阳，"由是历十载，三为祠官"。朱子求学于范先生从"环溪精舍"

始，时间跨度至少二十年。问学范围"既有经典解义，又有为学方法"。其中《论语》的"忠恕一贯"，《大学》的"絜矩之说"和"胡氏春秋笔法"等问题，朱子反复请教，获益终身。至于范先生的抗金主张，广嗣建储，屯田大计，则给朱子以政治启蒙。

导师——延平李侗先生。国代先生把朱子初次拜见李侗先生，比作孔子问礼于老子。两位圣贤一时皆未碰撞出思想火花，"但两位好学者虚心学习，却形成刚柔相济的圆融态势，在中华文化史上留下磨灭不了的烙印。"束景南先生指出："李侗对朱熹的初教，一是以'道亦无玄妙，只在日用间着实做功夫处理会'，批评他就'里面体认'的禅家参悟；二是'以只教看圣贤书'，批评他的耽读佛老和儒佛老三道同一的思想；三是以'义利公私'判儒释，批评他对佛老的好同恶异，包含了划判儒释'理一分殊'思想。"钱穆先生表达了同样的意思，指明"朱子于延平，则实有薪火之传。"人们把李侗指明青年朱子的人生走向，通俗为"逃禅归儒"。许多学者并不同意此说，至少以为不够准确。他们认为朱子思想这次飞跃，实际上是"从关注个体生命的存在与意义为中心的思路中拔脱了出来，转而把关注的焦点集中到决定人类整体命运的社会存在问题上。"李侗先生对朱子的影响最为准确的文献资料，莫过于朱子亲自编定的《延平答问》。它既是对李先生学术思想的总结，为不立文字的老师建立理学思想巨碑，又是反映李先生授业解惑的传道精神和朱子思想嬗变的过程和轨迹。《延平答问》反映了师生围绕"四书""五经"的框架而展开的学术讨论，按钱穆先生解说："其意实欲融贯古今，汇纳群流，采撷英华，酿制新实。"朱子对李侗先生的印象初见的"却是不甚会说"，进而"尽弃所学而师事焉"，进而从邓迪形容先生"冰壶秋月"联想到黄庭坚喻周敦颐"光风霁月"，进而将李侗先生从祀孔子。国代先生慨叹："李侗先生进入国家祀典，文化意涵深矣。"

贤师——端明黄中先生。在诸师中，朱子从学时间最短，仅为旬日，但却是他四十七岁"执礼问学"。黄中从学于"程门立雪"的主角之一，也是乃舅游酢。考入太学，以右修职郎的官职参加科举，廷试第一，却被调为一甲榜眼。他为官正直，不附权贵，"官州县近二十年。"隆兴二年四月，六十九岁的黄中，享受高套退休待遇。谁知七十五岁又被孝宗皇帝复招入朝，落致仕，任兵部尚书兼侍读，从二品，老儒登阙，尽臣职分。乾道七年，黄中当面向皇帝"从容乞身以归"，再度致仕告老回乡。此时朱子学问蔚为大观。但与君王打交道，朱子缺乏经验，而这恰恰是端明先生所长。朱子在拜师信中将自己言行与达尊黄老先生相比，表达要"进于门人弟子之列"，希望成为孟子那样的"大丈夫"，做具有独立人格，具有自我尊严，具有以天下为己任的社会责任感和以天地为情怀的"大人"、君子。朱子从瑞明先生那里讨教了许多礼的知识，引发了晚年修《礼仪经传通解》之举，使他的学说以"理"为本体，以伦理之"礼"为外在规范，以人生的意义与价值为终极关怀的"理本礼用"的特点更为鲜明而突出。

朱子诸师统而观之，拥有许多共同点：第一，皆是武夷山下人。"五夫三先生"自不待说,各自所取之号俱是武夷山水之名。刘子翚以家居的屏山号之,胡宪以自家门前的籍溪名之,而刘勉之则以内五夫的白水称之,李侗、黄中也是闽北籍,属于"大武夷"。朱松虽然祖籍徽州婺源,但朱子自称"居闽五世,遂成建人"。诸师之道,可谓"武夷师道"。第二,皆是学有渊源。朱松临终前嘱咐朱子"五夫三先生","其学皆有渊源,吾所敬畏,吾既死,汝往父事之,而唯其言之听,则吾死无恨矣!"诸师之中,除刘勉之无意科举外,其余从学名师大贤,且经过层层考试,成为天子门生,进士及第。就是白水先生后来也被朝廷作为"聘士"。美籍学者田浩先生认为,朱松将儿子教育委托"五夫三先生",就是直接把他们的学问渊源同"二程"学说联系起来了,七位先生个个都是饱学之士,且都是师宗孔孟,热衷二程学说,他们都以续道统为己任,以应时事而发新局面。第三,皆是志同道合。本来诸师之间关系密切,有的是同事,有的是同执,有的是同族。他们中有亲缘、学缘等关系,诸师来往都以朋友相处,更主要的他们都是人中君子,斯文在世,不仅拥有相同的思想渊源,还有共同的政治主张,矢志忠君报国,中兴道学,甚至仕途上也共同进退。朱子曾回忆道,父亲与范如圭先生被秦桧迫害,"即罢而归,又与公同日舣舟国门外,其相与期于固穷死守之意,晚而愈笃。"七师与朱子教学生涯,让我们更深入理解"师道"的内涵与外延,懂得何以为良师,何以为高足,体会"师道"的神圣和亲切。

师道是天。"师者,乃凭借自身的思想、知识、道德引导他人走向完善,进而传播与引导社会文明,促进社会发展的人。"而道者,乃贯穿天、地、人、万物的本源及宇宙的普遍法则。为师有道就是得天道、地道、人道合一的道德人格和专业知识,"修己以安人",造天下有用人才,从而赢得社会和学生们的尊重,故称为"大先生"。汉代就有"天地君亲师"的提法,到了清代,以帝王和国家的名义,确定突出了"师"的地位和作用,成为祭祀的主要对象。这一做法同时兼顾了自然界与人文世界,全面安顿了中国人的世俗日常生活,是中国社会中最重要的精神信仰和象征符号。在中国人眼里，"师"之重如生命。人有三命，一为父母所生之命，二为师造之命，三为自立之命。父母生其身而师造其魂，而后自立其命。所以师者，再造父母也。因此古人说，"一日为师，终身为父"。

师道是河。韩愈指出："师者，传道授业解惑。"传道第一。师道与治道是一致的。天下兴亡，匹夫有责，匹夫能责，在于务学。"师道不尽，则不足以尽君道。""教是传道，学是承道，教学就是道的传承。"于是有了道统之说。陈来教授指出："儒家有一个核心传统，而这个传统所代表的精神价值（道）是通过一个圣贤之间的传承过程（传）而得成其为一个传统（统）的。因而精神传统的延续及其作用在相当程度上依赖于一个授受者之间的口授亲传的传递过程和系统。"其谱系之大致为尧、舜、禹、汤、文、武、周公、孔子、孟子。"轲之死，不得其传。""师道绝塞。"黄榦指出："孔孟之道，周程张子继之；周程张之道，文公先生又继之。此道统之传，立万世而可考也。"师道有如长河，后浪逐前浪奔流不息，圣贤君子继往开来，"一以贯之"，为往圣继绝学，为万世开太平。

师道是亲。朱子的门人曾注意到"五伦"中没有"师"的内容，便问："人伦不及师，何也？"朱子回答，"师之义，即朋友，而分则与君父等。朋友多而师少，以其多者言之。"这一回答耐人寻味。一方面，师就"势分等于君父"，因而师道尊严，必须"隆师"。程颢感慨："异日能使尊严师道者，吾弟也。"程颐不像大程给学子感觉到"如坐春风"那样，而是"严毅庄重"。给太子上课，要求太后"垂帘听课"，同时为师不站而坐，以示尊师重道。另一方面，朱子又告诉学生，师与友同类，师生之间"亦师亦友"，甚至"三人行，必有我师焉"，弟子不必不如师，教学相长。朱子诸师确实如此。作为严师的屏山先生为十八岁的学生吟道："荒寒一点香，足以酬天地。"其诗标题称朱子为"元晦老友"。至于白水先生将爱女许配给朱子，使师生关系亲上加亲。读《朱子诸师考释》，不仅感觉到师道的神圣，更会体会到那并非血缘又胜过血缘的浓浓深情。

政和孝道

"归去来兮岁欲穷，此身天地一宾鸿。明朝等是天涯客，家在大江东复东。"

朱松1134年冬写下这首《将还政和》，不久便举家返回。这年9月，母亲程氏逝世，百日而窆，朱松为母丁忧。

与父亲去世时心情大为不同，当时"方腊乱，以贫不能归。"故将父亲"葬政和县护国寺侧。"这次母丧丁艰，朱松实际上把政和作为自己不是故乡的故乡，且有"颖悟早慧"孝顺有加的儿子朱熹一同前来。

朱子"始诵孝经，即书八字其上，'若不如此，便不成人。'"此事发生的时间有不一样的版本，对于政和却有不同寻常的意义。

若按戴铣《朱子实记》、李默、洪嘉植等年谱，均认为是八岁所写。明儒丘浚《朱子学的》、葛寅亮《熊勿轩先生文集》皆持此说。朱子六岁随父返回政和，为祖母守孝二十七个月，那么朱子所书当在政和。

若按黄干的《朱子行状》："就傅，授以孝经，一阅，题其上曰'不若是，非人也。'"则表明系朱子上小学时所题。而真德秀、李方子指出，朱子时年五岁。人就可能不在政和了。

不过无论如何，政和都是朱子识孝、研孝、行孝的原点。闽北文化专家吴邦才先生说，朱子的孝道是从政和出发的。朱松是行孝治礼的大家，带着朱子为母亲守孝三年，上千个日日夜夜，耳濡目染，深深地影响了朱子。

及至后来父亲去世，省墓展哀的担子就由朱子挑起。一次次地进出政和，极尽孝子贤孙的职责，更增加了朱子对孝道的感性认识。一年朱子因故不能在清明如期祭扫祖墓，重孝守礼的他仍在初冬赶来，留下了《十月朔旦怀先陇作》一诗。

"十月气候变，独怀霜露凄。僧庐寄楸槚，馈奠失兹时。竹柏翳阴岗，华林敞神扉。汎扫托群隶，瞻护烦名缁。封茔谅久安，千里一歔欷。持身慕前烈，衔训倘在斯。"

朱子"佩韦遵考训"，以先人为榜样，一辈子与孝同行。生平第一部著作就是《诸家祭礼考编》。在儒家那里，孝道是通过礼来表现。孝是事亲观念，礼则是具体仪式和行为准则。它将孝转化为世俗的孝行，把孝道伦常落到实处。祭礼当是最重要的形式之一。朱子称："某自十四岁而孤，十六而免丧。是时祭祀只依家中旧礼。礼文虽未备，却甚齐整。先妣执祭事甚虔。及某年十七八，方考订得诸家礼，礼文稍备。"束景南先生说，正因朱子如此，"为其后来作祭礼、家礼、古今祭礼之滥觞矣"。

朱子毕生精力主要放在"四书"的主干理论的研究上，但是孝道是其一以贯之的基本思想。他十分推崇张载的《西铭》，以孝的理论逐字逐句阐述了其中大义。指出天是父道，地是母道，而人是子道。"推人以之天，即近人明远。""事亲如事天，即是孝；自此推之，事亲如事天，即仁矣。"由此出发，把天地万物视为"民胞物与""故以天下为一家，中国为一人。"这样就为儒家的孝道思想找到了本体宇宙论的依据，把孝道与天道结合起来。李存山教授说，《西铭解》是朱子思想成熟的成熟时期的重要著作。

1186年，朱子57岁。他对自己的孝道思想做了一个总结，完成了《孝经刊误》这篇具有划时代意义的著作。第一，打破了权威。在此之前，《孝经》总是由皇帝注释颁行。朱子从信经、疑经到刊经，大胆地将《孝经》前六章合而为一作为经，余下至十八章作为传，断然删去220余字。他认为经文部分是曾子门人整理编订的，而传文部分应是后人拼凑所为，指出《今文孝经》版本质量高于《古文孝经》。第二，实行经传分离。一般而言，经是经典，传是解释经典。朱子将《孝经》经与传分开，使经具有了哲学的意蕴。第三，朱子开启了以"理"说孝的先河，把《孝敬》的积极内容纳入了"理学"的体系中，认为孝为"古今共有之理"，孝是理的发用流行，是理的必然要求，理是孝的终极依据，是孝的全部正当性，从而使孝道上升到世界观层面。

如果我们要用一字来概括诸子的学说，那就是"理"，而他一辈子研究的视线却始终离不开一个"孝"字。以至于将"孝"字写到出神入化的地步：上部酷似一个仰面作揖尊老孝顺的后生，而那人面的后脑却分明像尖嘴的猴头，寓意尊老孝顺则是人，忤逆不肖则为动物。

孝道是儒家伦理文化的原点。"百善孝为先。"孝文化早已深入人心。但是人们对孝的理解，更多是知其然而不其所以然，甚至只知其一而不知其二。有次北大王守常教授到武夷山讲课发问："不孝有三，无后为大，另外两种不孝呢？"在场的朋友们都沉默了。王老师十分感慨："如果这个常识早为人们所识，可能就会少了许多贪官。"

孝，似小实大。

孝很小。小到晨昏间的一声问候；病榻上一次抚摸；游子在外一句信息；清明墓前一炷香火；寂寞祠堂里一块牌位……

孝，实际很大。大可比天，是天分，是天职，是天理。"夫孝，天之经也，地之义也，民之行也。"黑格尔曾说过："中国纯粹建筑在这一种道德的结合上，国家的特征便是客观的'家庭孝敬'。""夫孝，德之本也，敬之所由生也。""今人将孝悌低看了，'孝悌之

至，通于明神，光于四海，'直是如此。"朱子还说："不孝之人，天所不容，地所不载，幽为鬼神所责，明为官法所诛，不可不深戒也。"

孝的思想形成于周朝，发展于春秋战国，及至汉代已运用到治国安邦。朱子不仅赋予这种亲情和道德以天理的光辉，而且还阐述了孝在儒家思想体系中的地位和作用。指出孝为行"仁"之本，"五常百行"之本，可谓"至德要道"。朱子曾用"种苗"和"水流"形象说明这个原理。"譬如一粒粟，出生为苗。仁是粟，孝悌是苗，便是仁为孝悌之本。"仁与孝是体用关系。"仁孝同源，故孝者必仁，而仁者必孝。"朱子说："论性，则以仁为孝悌之本，论行仁，则孝悌为仁之本。""人如水之源，孝悌是水流第一坎，仁民是第二坎，爱物是三坎也。"朱子描绘了从孝出发的人生和社会理想境界："人能孝悌，则其心和顺，少好犯上，必不好作乱也。""好事亲孝，故忠可移于君；事兄弟，故顺可移于长。身正，则家齐国治天下平。"在朱子眼里，孝可以移为忠，移为仁义礼智信，直至内圣外王，直至修齐治平。人人都能尽行孝道。"推爱亲之心以爱人，而无所疾恶，推敬亲之心以敬人，而无所慢易。""则天下之人皆在吾爱之中矣。""己欲立而立人，己欲达而达人。"如此，便可实现"孝治天下"。

孝，似浅实深。

孝很浅，有如"白开水"般一览无遗，讲的都是大实话，加上"廿四孝"的故事更把孝道解释的直白而通俗。

孝，实际很深。一句简单的话里，蕴含着深刻的道理，有的还涉及不少史实。"不孝有三，无后为大"是孟子说的。朱子引赵歧的解释："于礼有不孝者三事，谓阿意曲从，陷亲不义，一也。家贫亲老，不为禄仕，二也。不娶无子，绝先祖祀，三也。三者之中无后为大。"联想孟子还列举过五种不孝的说法。第一不孝指的是自己放纵耳目欲望，追求声色之娱，在社会上为非作歹，违法乱纪，败坏家声，辱没先祖。王守常教授就是基于此说孝道有利于廉政教育。

然而事情好像并没有完，孟子为什么会说"无后为大？"有专家认为这是为舜辩护。因为孟子后面还有一句话："舜不告而娶，为无后也，君子以为犹告也。"读过廿四孝《孝感动天》故事的，都知道舜的生母死后，其父娶了后母，生了个儿子叫象，长大后凶残无比，三人"日以杀舜为事"，但舜对父母恭顺如常，对弟弟加倍照顾。当时帝尧闻舜如此大孝，欲把女儿娥皇、女英嫁给他。朱子说："舜告焉则不得娶，而终于无后矣。告者礼也，不告者权也。犹告，言于告同也。盖权而得中，则不离正矣。"婚娶本当父母之命，媒妁之言，但舜如果报告父母肯定行不通。舜只能在不违背礼与"无后"之大不孝之间两者相权取其轻。其变通做法等于报告了，是正确的，仍然符合孝顺之道，还是事亲之"和"。

孝道里充满着智慧。《孟子尽心上》有位学生出了个难题："如果舜的父亲杀了人，应该怎么办？"孟子回答："逮捕法办。""然后呢？"，"舜视弃天下，犹弃敝屣也。窃负而逃，遵海滨而处，终身忻然，乐而忘天下。"舜会把天子的位置丢开，就像好像丢掉一只旧草鞋那样，然后自己背着父亲偷偷跑到海边躲起来，一辈子都很开心，快乐的忘记了天下。这样既维护了法律，又不违背孝道。

孝，似易实难。

孝很容易，似乎仅是举手之劳，人皆可为，时皆可行。《说文解字》解释为："孝，善事父母者，从老省，从子，子承老也。"富贵人家似乎更是易如反掌。

孝，实际上很难，行孝难在它是系统。朱子说："孝子之事亲，居则致其敬，养则致其乐，病则致其忧，丧则致其哀，祭则致其严。五者备矣，然后能事亲。"对父母孝顺要围绕尊亲、敬亲、悦亲展开，且要循礼周严。就孝道来说，还有事兄、事君、内圣外王、修齐治平、立德、立功、立言，方能光宗耀祖庇荫子孙。行孝似乎贯穿人生始终。

行孝难在它是恒常。行孝不是三天两头的殷勤，三言两语的甜蜜，而是一以贯之的坚持，长年累月的奉献，痴迷初衷的不改。《论语》中有段孔子与学生宰我关于"三年之丧"的争论颇有意思，宰我认为替父母守丧三年时间未免太长了。那样的话，礼仪会荒废，音乐会散乱。旧谷吃完，新谷也已收成，打火的燧木轮又用了一次，守丧一年就够了。孔子反问："你心里安不安呢？"宰我说："安。"孔子说："你心安，就去做吧。"宰我退出，孔子感慨："予之不仁也！子生三年，然后免于父母之怀。夫三年之丧，天下通丧也，予也有三年之爱予父母乎！"孔子认为宰我没有真诚的情感啊！小孩生下来三岁才能离开父母怀抱，为父母守丧三年，天下人都是这么做的。宰我没有受到父母三年照顾吗？孔子反驳弟子的话似乎不是很有力，然而傅佩荣先生却找到了依据，美国医院做了试验——三岁前的孩子需要有一个人以主体的身份去关怀，他的生命力才能得到正常的发展。虽然时代发展了，"守丧三年"并不现实，但父母子女之间存在着永远相互关怀的情感，尽孝当是恒孝。"久病床前无孝子"说的就是这个道理。

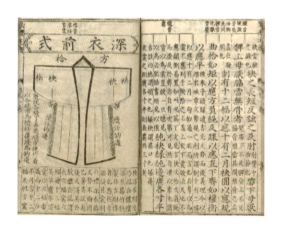

行孝难在"色难"。子夏问孝，孔子答曰："色难。"朱子也认为是这样的："盖孝子之有深爱者，必有和气；有和气者，必有愉色；有愉色者，必有婉容。故事亲之际，惟色为难耳。"孝要建立在"心至于是而不迁"。孝是血管里涌流出来的自然而然的亲情，是打心里深处发出的至高无上的最高道德指令。

行孝还难在于及时。它是现在进行时，孝在当下。这是由于生命的无常和无奈决定的。著名作家毕淑敏在《孝心无价》一文中写道："相信来日方长，相信水到渠成，相信自己必有功成名就衣锦还乡的那一天，可以从容尽孝。可惜人们忘了时间的残酷，忘了人生短暂，忘了世上有永远无法报答的恩情，忘了生命本身不堪一击的脆弱。"正如古人所说："子欲养而亲不待。"正因为如此，"谁言寸草心，报得三春晖"才成为千古名句，天下子女大都以不孝之子自称。

好在有消息称，政和正在评选"十大孝星"和筹建"朱子孝文化纪念馆"，欣喜孝在政和。

建　州　文　道

公元前479年，孔子殁；公元后1200年，朱子卒。"孔庙"和"五经博士府"，因他们而建。

由朱子离去上溯孔子辞世，时间为1679年，两者空间相隔又岂止万里。

可能没有一处像建瓯这样。从孔子到朱子，从"孔庙"到"五经博士府"，直线距离仅仅300米。古时建州，两处动静可闻，相视能见。

古建州首先是个城的概念。闽北文化人吴传剑、吴章中著的《大象建州》《建安纪事》对建州城的创建、嬗变做了全景式淋漓尽致的描述。这一方水土拥有1800多年置县历史。它做过县、市、郡、府、道、路，甚至国都，虽然那是历史的笑话——下辖五县，历时不过三年。但是人们更钟情于唐代所称的建州，曾多次听到建瓯文人窃窃私语："我本建州"。

建州城别号为"芝"。有人说，是建州名士谢宫锦因一株灵芝作《瑞芝赋》而名；有人言，是儒释道皆喜灵芝所况；还有人道，全是这座城像"芝"字而称。"艹"寓意草木萌发，如城边四绕的青山；"之"象形双溪与城的造型。我们倾向因为城中有山名芝所致。古人有云："芝山秀丽，为一郡之最。"

185

此刻我们人在芝山仓长路163号，旧称"学府后"，现在的建瓯孔庙。"斯文在兹"，"芝"色弥漫，"香气芬烈"，好一个"芝兰之室"。天下孔庙规制大体一致：棂星门、泮池、朝门、大成殿、明伦堂、东西两庑，等等。但建瓯孔庙略有不同，庙内柱子皆是粗大的楠木，却歪斜有致，不知是否应了孔子的"有教无类""因材施教"之说。

孔庙以山东曲阜为本庙。它于孔子去世后的第二年所立。公元前195年，刘邦经此亲自祭祀，开创了皇帝祭孔之先河。唐玄宗赐孔子为"文宣王"，因此天下孔庙又称文庙。自唐以后，文庙与学宫合二而一。建州亦是如此，1038年立学，后来宫庙一处。值得一书的是一城有三处庙学：即建宁府文庙、建安县文庙和瓯宁县文庙。

我们很在意学宫的情况，一直打听府学所在。为我们引导的传剑先生告知，一墙之外便是。遗憾的是20世纪50年代悉数被拆，尽被公家单位所占，大家只能望墙兴叹。我耳旁仍旧听到建州学子们的琅琅书声，看到青年才俊步出文庙，走上庙旁的青云路。两宋之时，建安与瓯宁出了进士1067人，约占全国的2.5%、全省的15%。换言之，宋代中国每百名进士里有2.5个建州人，福建每百名进士中就有15个建人。建州是全国18个千名进士县之一，涌现出6名状元、10位宰辅。

文庙既是为了纪念孔子，也是为了传承儒家道统。庙内不仅有"万世师表"的孔子画像，还有圣、哲、贤、儒众多牌位。建州大成殿陪伴孔子有四配、十二哲，东西两庑有156位贤儒。我们在十二哲中看见了朱子。圣贤诸儒中，只有朱子的位置发生的变化最大。朱子从祀孔庙是他去世后41年，即1241年。初始列在东庑，后来逐次提升，到了康熙帝时，将其上升到大成殿配享。所有圣哲中几乎都是孔子的门生或孔子孙子的学生，只有朱子是文庙设立以来，在汉代以后唯一进入孔庙十哲行列的大儒。建瓯大成殿内有两座朱子碑，其中一座是朱子十六世孙择墨页岩石刻的朱子自画像，另一碑座有文字说明，但字里行间全无朱子在建州的情况。

要了解朱子与建州的渊源还必须从北宋谈起。传剑先生将我们带到"铁井栏"之西的都御坪2号。这里是"二程夫子祠",主祀程颢、程颐。该祠是程氏后裔程仕任建宁知府所重建,程氏四代孙程深很早就已入闽,在建州城定居,为建郡程氏之始祖。巧合的是周敦颐的孙子周总,因童贯弄权而于北宋元祐七年入闽,其四位孙子均在建州安家。须知二程是周敦颐的弟子,试想他们的后代风云聚会于建州,把盏问道之际,那是何种景象?

大家知道,儒学由孔子创立于东周,发展到隋唐已经式微,佛学中国化,道家上层化,禅风道雨愈演愈烈,以至于韩愈大声疾呼:"道断"。一方面这与社会动荡和外来文化入侵有关,另一方面也因旧儒学理论化造诣不足所致。历史和时代呼唤新儒学,于是宋代理学应运而生。北宋"五子"学说就是代表。周敦颐的"濂学",张载的"关学",邵雍的"象数之学"和程颢、程颐的"洛学",它们共同的特征按李泽厚先生所说,就是"将伦理提高为本体,以重建人的哲学。"彰显了道德的永恒、文化的力量和生命的意蕴。它们很好地回答了时代之问,实现了中华文化的华丽"转身"。同行的文友此时提出了个问题:理学始于北方,成于南方,起于北宋,显于南宋。为什么会有这么大的时空距离?北宋"五子"皆为北方人士,而理学最后为什么是朱子在闽北"集大成"?说到底理学与建州究竟有何关系。

本来古建州很容易作答,假如"二程夫子祠"还在,那照墙上传说二程之一的手书"吾道南矣",会告诉大家道学南传的过程;假如明伦堂之右的"宋游御史祠"还在,会告诉大家游酢和杨时如何问道"二程";假如建宁府衙署李信甫建安主簿的故居还在,会告诉大家父亲李侗寓建之时怎样教导朱子。虽然这些建筑今日已不复存在,但是我们仍然可以检索文庙中从祀的闽北贤儒的名字,将它们组成一组熠熠发光的密码,从中破译问题的答案。

理学南传与最后建立赖于两个因素:一是中原人口南迁,"衣冠南渡,八姓入闽"从后晋就已开始,但北方人口大规模向南迁徙,则发生在后唐。当时南方相对安定,而"安莫安于福建",海运未启时,中原入闽通道大都在闽北。仙霞关、风水关、杉关尽为建郡所辖。建州又是福建当时两大"府级"城市,于是成了中原圣贤大儒入闽首站聚居地。根据清董天公《武夷山志》统计，宋元明清四朝在武夷山景区隐居的文人高士有19人，结庐讲学读书的名儒有43人，优游寻胜的学者名臣387人，其中著名理学家47人。他们大多在建州寄寓、逗留过，有关的文物、文化遗址，诸如故居、书院、读书处、祀祠、墓葬、摩崖石刻，至今仍然踪迹可循。这为理学的最后建立提供了人才和理论的基础。二是北方文化南移。"程门立雪"的主角杨时、游酢都是闽北人，他们拜程颐为师时，先生正瞑思坐想，两人在帘前虔诚站立，不知不觉屋外大雪盈尺。他们也拜程颢为师，先生对着他们离去的背影说："吾道南矣。"言下之意，他的理学往南方走了。儒家的道统就这样走到建州内外，一传传给罗从彦，二传传给李侗，三传传给朱子，形成了完整的道南一脉。

"功勋光北宋，道学启南闽。"这是位于紫芝街6号的刘氏五宗祠的门联。该祠所祀的是名儒名臣忠显公刘韐其子忠定公刘子羽、其孙忠肃公刘珙等五位忠烈。建造者为刘子羽弟弟的第12世孙刘泽，左邻则是其先祖刘子翚之祠，亦称"屏山书院"。这一带还有"宋胡文定公祠""黄勉斋公祠"，等等。

一切都与朱子有关。刘子羽——朱松临终时，当面托孤，要朱子认其为义父，将身后之事与朱子一并交给志同道合的朋友。刘珙——与朱子自小同窗共读，有着非同一般的手足之情。刘子翚——乃朱子之父所托"五夫三先生"之一，为朱子取字"元晦"，临终前将平生绝学以"不远复"三字符授之。胡文定公，乃大理学家胡安国，其侄胡宪——亦朱子之父所托"五夫三先生"之一。朱子"从君游，而籍溪（胡宪字）为久"。朱子《论语》"湖湘学派"的研究很大程度得益于胡宪。黄勉斋，即黄干——是门生，又是朱子的女婿，朱子生前最好的助手，朱子去世后，他又是朱子学传播和推广的第一人。看到上述遗存，让人感慨万分，朱子能够成为大家，离不开众多儒学同道，甚至有些不谙此道又古道热肠的人们支持。真如孔子所言："德不孤，必有邻"。

终于来到紫霞州磨房前的"五经博士府"的旧址。传剑先生却先介绍府旁业已不在的"朱文公祠"。据说朱子临终前嘱咐，后世子孙务必迁居建地。三子朱在于是在建地"筑室承先志，卜宅本贻谋"，在宋宝庆三年（亦有称宝庆二年）即1227年，辅助长兄朱塾之子朱鉴建起了"朱文公祠"。当时全国朱子祠不少，但家祠却为数不多，1930年，全国朱子后裔代表莅临朱文公祠，举行盛大的拜谒朱子800年诞辰活动。与"朱文公祠"比肩而立的是"五经博士府"，只不过后者比前者迟了200多年。如果说前者是"私庙"的话，那么后者就是"公器"。1455

年，朱子嫡长九世孙朱梴奉旨入京，被授予"世袭翰林五经博士"。既得钦授，必然造府。按明朝重臣，建州乡贤杨荣所记："伟然旧观"。门前有木牌坊，中间高悬"赦封翰林院五经博士府"牌匾。东边有"景星庆元"，西边有"泰山乔岳"红底黑字的横额。大门两边的对联为"徽国衣冠世胄，考亭理学名家"。走进大厅，四壁挂有缀朱子诗而成的四副条幅："春报南桥川迭翠，香飞翰苑野图新。月窟中空疑有神，雪堂养浩凝正气。"堂中设有公案，案上置砚签筒。两旁有"肃静""回避"牌和出行仪仗。主体建筑有两座。左侧有附属用房，供朱子后裔居住，府上还配有良田，以供祭祀和维修费用。民国时博士改称奉祀官，前后承袭博士的嫡长有七位。至今还住在遗址的朱子后人朱锐敏先生告诉我们，朱子现代后生大都从事教育事业，厦门大学原校长朱崇实，就是从"博士府"走出来的朱子塾公派下的二十七代孙。

"五经博士府"前有井，名为"艮泉"。前人有《朱祠甘泉》诗："文公理学始新传，孔孟渊源一脉适。祠外紫霞州古迹，太羹有味酌甘泉"。无独有偶，康熙大帝给朱子另一座祠御书为"大儒世泽"。朱子在儒学发展史上的地位，人们常用一句话概括，即集理学之大成。具体表现为三个方面：其一，构筑了"致广大，尽精微，综罗百代"的理学体系；其二，确立并完善了儒家学说传授的道统；其三，将"四书"取代了"五经"的权威地位。朱子回答了他那个时代的价值理想、外来文化和理论转型的挑战，重塑了中华文化的发展格局，为中华民族构建了精神和信仰的世界。首届考亭论坛上，中国社科院副院长姜辉先生说道："在孔子之后，朱子开辟了中华文化的新时代。正是以朱子学为标志，中华文明进入了一个新的千年发展期。"

建州于朱子可谓因缘溱泊、情感所系。明天顺年间建宁知府刘钺说："盖建安古郡，名总各邑，而通诸道，先生往来始终寓于斯，后嗣嫡长累世居于斯，前朝颁封制命载于斯，我朝录萌后人褒崇明配实在于斯……"本来，历史上建州所辖闽北大部，朱子在闽北文化遗存大抵可归建州所属。何况，朱子少年求学于建，青年考学于建，壮年讲学于建，临终嘱托子孙居于建。朱子自幼丧父大悲在建州，金榜题名大喜在建州，身后哀隆大显在建州。此邑当是朱子学的发祥地和发扬地，千年建州无愧为理学名城。

建本（后记）

　　我自认与朱子有缘。朱子父亲入闽第一站是福建政和，我在那生活工作三十多年；朱子武夷山琴书五十载，我在那任地方官前后十年；朱子理学可以代表中国文化的主流，我在职研究生读的是"中国思想文化"专业，毕业论文便是《朱子理学的批判与弘扬》。我写过有关朱子的论文、散文不少，这次却着重于朱子诗歌的分析，文章结集为《朱子的诗和远方》。

　　即将成书之时，文友祝熹先生提议用"建本"作为书的插图，大家一致认可。这既能体现古意文韵，又能与我上本书"砖雕"装帧的风格一致，同时也与朱子生前涉猎出版的实践相符。

　　"建本"是古代建阳麻沙、书坊一带刻印的古籍。它萌芽于五代，繁荣于两宋，延续于元明和清末。南宋时，建阳成为全国三大刻书（蜀、浙、闽）中心之一，刻印书籍不管是数量还是品种都占全国图书市场的一半左右，有"图书之府"的美称。建阳居民"以刀为锄，以版为田"，"书市比屋，皆鬻书籍，天下客商，贩者如织"。武夷山与建阳相邻，前者历史上曾为后者所辖，朱子长期居住武夷山，晚年迁居建阳，创办了考亭书院，朱子的著作和书院用书大都在此刊刻，并通过纵横交错的入闽通道或"海上丝绸之路"销售全国和海外。朱子曾写道："建阳版本图书，上自六经，下至训传，无远不至。"学者熊禾曰："'文公之文，如日丽天；书坊之书，犹水行地。'两者相得益彰，使得建本图书享誉海内外，由此也扩大了朱子学派的影响力。"

也许人们并不知道，朱子还是"建本"的出版商。清朝的吴颐尊先生称朱子是"学问刻书家的祖师爷"。朱子刻书据说不下35种。这种商业行为就连好友张栻也不理解，朱子实属不得已而为之。一方面因为生计所迫，朱子一辈子大部分时担任祠官，俸禄少得可怜，生活常常到告贷的地步，相比其他营生，刻书毕竟还是文化事业；另一方面，朱子刻书是为了保护版权，保护书籍的质量。他饱受著作被盗刻带来的烦恼。也正因为朱子和众人的努力，"建本"形成了初步的维护知识版权的制度。

与"建本"兴盛强烈反差的是郑振锋先生描写："我曾到建阳，那里什么也没有了。书店早已歇业——可能在清初，至迟在清代中叶，就不见有建版的书了，要找一本明代建版的书，难如登天，更不用说什么宋元时代的建版书了。只剩下夕阳斜照在群山里，证明那里曾经是'盛级之朝'的一个出版中心而已"。"建本"兴衰从正反面两方面启示我们：其一，创新是动力。书写从"策"到"卷"到"籍"，然后到"书"，无不是创新的成果，"建本"发展亦如此。方彦寿先生曾列举了其十七八个出版史之最。"建本"的衰落也因创新不足所致。当外地出版家门采用饾版、拱花、套印等先进的印刷术时，"建本"的刻书者们充耳不闻。特别是活字印刷出现，建阳的印刷中心便"一击即溃"了。其二，通俗即市场。"建本"可能是最早带领读者进入读图时代的。郑振锋先生有言："可以看出建安版的书，总是以有插图为其特色之一。""建本"可以说无书不图，有的上图下文，有的下图上文，还有中图边文，一页多图，月光图等。以图辅文极大地增强了书籍的通俗性，赢得了众多读者。有人统计，现存明代小说三分之二以上的刊本出于建阳书坊。"古小说版画的大繁荣局面，就是由建阳书林揭开第一页的。"其三，质量乃生命。杨万里诗赞"建本"之精良："富沙枣木新雕文，传刻疏瘦不失真。纸如雪茧出玉盆，字如霜雁点秋云。"雕本要用上好梨木枣木，纸张要用顶级的"建阳扣"，所需笔墨也俱"建阳产"，甚至用水都十分讲究。现在流行的"仿宋体"正是源于宋"建本"刻字体。同时建阳书坊还创造了有书名、作者、出版单位和时间的做法。至于朱子所刻之书无论在内容、编辑、校勘和形式上都起到了高层次的示范。"建本"被列入国家级古籍善本的经史子集共有1500多种。

《朱子的诗和远方》写作宗旨与"建本"精神契合。朱子的思维是哲学的，也是文学的。长期以来，人们注重研究理性的朱子，忽视文学的朱子。有统计数字表明，有关朱子文学诗歌的论文不及对他全部研究的十分之一。因此，我从解构朱子的诗歌出发，分析他的思想学术。这种研究方法可能"离经叛道"，也可能是另辟蹊径。我的初衷则是"抛砖引玉"，意图引起大家的重视。如此做法的直接后果就是朱子文化的通俗化。朱子的学说相对于孔孟时代，在宋代应该说是"通俗化"了。朱子以"四书"取代"五经"，其中有一个目的，就是为学子们搭建一座阶梯，让大家能够循序渐进的掌握中华文化的经典。然而七八百年过去了，对于"白话文"读者来说，朱子的学说又变成了艰涩难读。让朱子学说通俗化、生动化可能是传承发展的第一任务。当然通俗不是庸俗，"精神"又要不失精确。所以我力求论之有据、持之公允。

朱子之诗，我们一起欣赏；朱子远方，我们共同向往。我出书的想法得到南平市政协主席林斌、南平市人大常委会副主任兰林和、南平市政府办二级巡视员陈育进的支持，南平市朱子文化办的丁文新、陈温萍两位女士比我还认真忙于书的出版。华东师大教授朱杰人先生为书写了序。朱教授是朱子后裔，又是研究专家，还是出版界的大腕，我所学习的《朱子全书》就是他主编的。虽然我们是多年朋友，但我将文稿呈送他时，生怕遭到拒绝。谁知他从南平返沪的高铁上，翻阅书稿后便欣然下笔。几乎与此同时，海峡文艺出版社社长林滨先生也发微信给我，要我把这本书交给他们出版。书法博士梁代先生为书题写了书名；南平市政协办公室的饶祥禄先生、南平市老年大学的吕国珍女士、摄影师王敏先生为书稿付出了辛劳。在此我一一谢过。

朱子的诗和远方，理当发奋追求。一生虽不能至，始终心向往之。

2023年10月于云谷